Das Superbuch der Fakten und Rekorde

MENSCH UND GESCHICHTE

von

Neil Grant

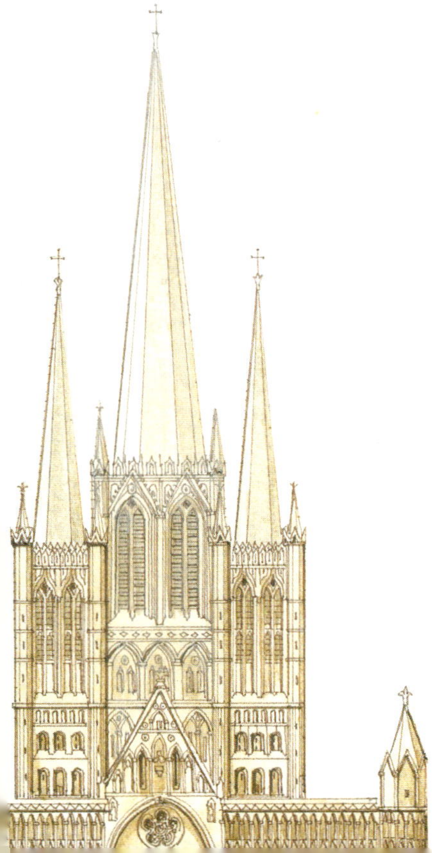

INHALT

Idee und Konzept: Nicholas Harris und Joanna Turner
Illustrationen: Simone Boni, Luigi Galante, Rosanna Rea (The McRae Agency), Stephen Conlin

Aus dem Englischen von Maria Andreas
Umschlaggestaltung: Ruth Esser

ISBN 3-7735-5676-4

Bildnachweis:
40, 41, 42 Royal Geographic Society
45 Popperfoto Ltd

VORWORT

DIE ERSTE STADT, der höchste Turm, die längste Brücke, die größte Tempelanlage, die erste Weltumsegelung, der Wettlauf zum Pol, der erste bemannte Raumflug: In diesem Buch findest du bahnbrechende Rekorde, von der Steinzeit bis in unser Jahrhundert!

Bildhauer, die einen Berg zur Porträtgalerie umgestaltet haben, Könige, die sich Gräber errichten ließen, die zehnmal so groß waren wie eine Kathedrale, ein junger Schafhirte, der die Herrschaft über die halbe Welt errang – auf den folgenden Seiten kannst du nachlesen, wie sich das Erstaunliche zugetragen hat.

Als Roald Amundsen den Südpol erreichte, wußte er, daß er der allererste war, dem diese unglaubliche Reise gelungen war. Die Millionen von Bauern dagegen, die Steine steile Hänge hinaufschleppten, um in China die Große Mauer zu bauen, ahnten gewiß nicht, daß sie am längsten Bauwerk der Erde mitwirkten. Doch ob geplant oder eher zufällig entstanden, die Beispiele in diesem Buch zeigen auf eindrucksvolle Weise, zu welch außergewöhnlichen Leistungen Menschen fähig sind.

WELTREKORDE

GRÖSSER, HÖHER, WEITER

1	Gateway Arch (Stahlpforte), St. Louis, USA; höchstes Denkmal, 192 m
2	Mount Rushmore, South Dakota, USA; größte Skulptur
3	Sears Tower, Chicago, USA; höchstes Bürogebäude, 443 m*
4	Fernsehturm, Toronto, Kanada; höchster freistehender Turm, 553 m
5	Grand Central Station, New York, USA; größter Bahnhof, 19 ha
6	St. John the Divine, New York, USA; großräumigste Kathedrale, 476,35 m^3 umbauter Raum
7	Superdome, Louisiana, USA; größtes Kuppelgewölbe, 207,26 m Durchmesser
8	Cholula de Rivadabia, Mexiko; größte Pyramide (überbaut), 18 ha
9	Mexico City, Mexiko; größte Stadt, rund 15 Millionen Einwohner
10	Morococha, Peru; höchstgelegene Eisenbahntrasse, rund 4800 m ü.d.M.
11	La Paz, Bolivien; höchstgelegene Hauptstadt, 3630 m ü.d.M.
12	Maracaña-Stadion, Rio de Janeiro, Brasilien; größtes Fußballstadion, 205000 Sitzplätze
13	Puerto Williams, Feuerland, Chile; südlichste Ansiedlung
14	Grönland; am dünnsten besiedeltes Land, 0,03 Einwohner pro km^2
15	Ny Ålesund, Svalbard, Norwegen; nördlichstes Dorf
16	Rotterdam, Niederlande; größter Handelshafen, 300 Millionen Tonnen Warenumschlag
17	Hradschin, Prag, Tschechien; größte Burg, 267 500 m^2
18	Heathrow Airport, London; größter internationaler Flughafen Europas, ca. 39 Millionen Passagiere pro Jahr
19	Ulmer Münster, Deutschland; höchster Kirchturm, 161 m
20	Kathedrale von Sevilla, Spanien; großflächigste Kathedrale, 126 m lang, 82 m breit
21	Vatikanstadt; kleinster Staat, 0,44 km^2
22	Jericho, Westbank, Israel; älteste Stadt, vor etwa 10000 Jahren erbaut
23	Sakkara, Ägypten; älteste Pyramide, erbaut 2650 v. Chr.
24	Dinka, Sudan; Menschen von größtem Wuchs, Durchschnittsgröße 2,10 m
25	Volta-Stausee, Ghana; großflächigster Stausee, 8480 km^2
26	Bambuti, Zaire; Menschen von kleinstem Wuchs, Durchschnittsgröße 1,40 m
27	Kenia; höchste Geburtenrate, jährlich etwa 54 Geburten pro 1000 Einwohner
28	Mutterland-Statue, Wolgograd, Rußland; höchste Statue, 82 m
29	Rußland; größtes Land, 17075400 km^2
30	Verbotene Stadt (Kaiserpalast), Peking, China; größter Palast, etwa 1 km^2
31	Seikan-Tunnel, Japan; längster Eisenbahntunnel, 54 km
32	Tokio-Yokohama, Japan; größtes urbanes Ballungsgebiet, 27,7 Millionen Einwohner
33	China; größte Nation der Erde, 1,158 Milliarden Einwohner
34	Akashi-Kaikio-Brücke, Japan; längste Hängebrücke (im Bau befindlich), 1990 m
35	Shah Faisal, Islamabad, Pakistan; größte Moschee, 19 ha
36	Angkor Wat, Kambodscha; größter Tempelkomplex, 24 x 8 km groß
37	Istana Nurul Iman, Sultanpalast Brunei; größte Residenz
38	Borobudur, Jogjakarta, Indonesien; größter buddhistischer Tempel, 15000 m^2
39	Brücke über den Hafen von Sydney, Australien; breiteste Brücke, 49 m breit
40	Transaustralische Eisenbahn, längste gerade Eisenbahnstrecke, 478 km

DIE GRÖSSTEN STÄDTE

		Einwohnerzahl etwa
1	Mexico City, Mexiko	19 Millionen
2	São Paulo, Brasilien	15,2 Millionen
3	Kairo, Ägypten	13,2 Millionen
4	Shanghai, China	12,8 Millionen
5	Bombay, Indien	12,6 Millionen
6	Tokio, Japan	12 Millionen
7	Kalkutta, Indien	11 Millionen
8	Seoul, Südkorea	10,9 Millionen
9	Rio de Janeiro	10,2 Millionen
10	Paris, Frankreich	9 Millionen

Die Zahlen beziehen sich auf den gesamten Ballungsraum.

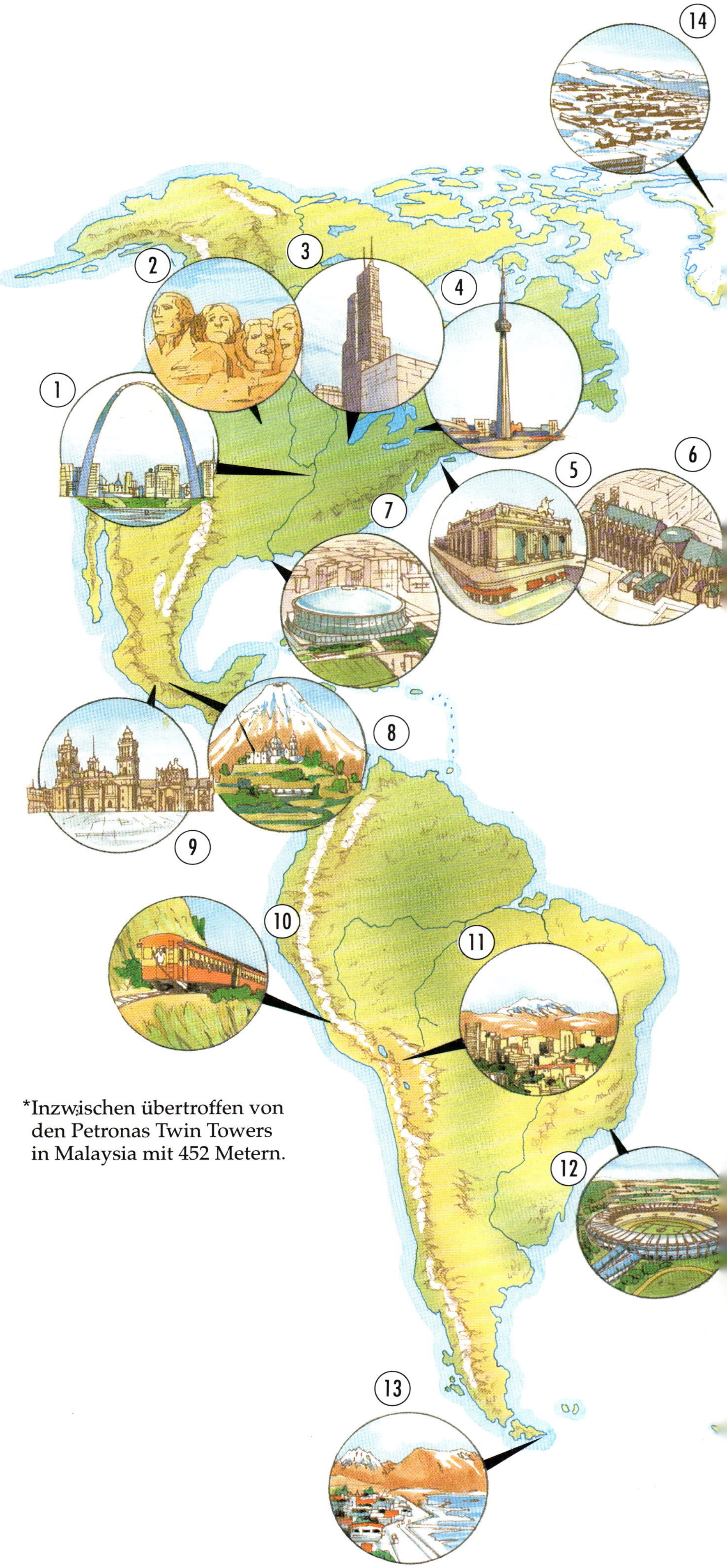

*Inzwischen übertroffen von den Petronas Twin Towers in Malaysia mit 452 Metern.

Die grösste Bevölkerungsdichte

		Einwohner pro km²
1	Macao	26 000
2	Monaco	15 000
3	Hongkong	5 400

Die meisten Einwohner

1	China	1 158 200 000
2	Indien	846 931 000
3	USA	248 710 000
4	Indonesien	178 574 000
5	Brasilien	153 322 000
6	Rußland	148 041 000
7	Japan	123 150 000
8	Pakistan	113 687 000
9	Bangladesch	107 992 000
10	Nigeria	88 500 000
11	Mexiko	86 161 000
12	Deutschland	79 951 000

Die grössten Länder

		in Quadratkilometern
1	Rußland	17 075 400
2	Kanada	9 976 139
3	China	9 560 980
4	USA	9 363 123
5	Brasilien	8 511 999
6	Australien	7 686 848
7	Indien	3 287 263

DIE ERSTEN KÜNSTLER

SKULPTUREN UND MALEREI IN DER STEINZEIT

DIE MENSCHEN haben schon gemalt, lange bevor sie lesen und schreiben konnten. Viele Jahrtausende vor der Erfindung der Schrift (siehe Seite 12) haben sie ihren Gedanken und Gefühlen bildhaft Ausdruck verliehen.

Die ältesten bisher entdeckten Kunstwerke stammen aus der Steinzeit. Es sind kleine Figuren, aus Knochen oder Stein geschnitzt, die Menschen oder Tiere darstellen. Bekannt sind die üppigen, 11 bis 15 cm großen weiblichen Statuetten, die wir heute nach der römischen Liebesgöttin als „Venus"-Figuren bezeichnen. Wenn man die runden Hüften und die großen Brüste der Statuetten betrachtet, liegt die Vermutung nahe, daß es sich um Darstellungen der Fruchtbarkeit handelt. Die Figuren sind ganz glattpoliert, denn sie sind oft berührt worden – vielleicht mit der Bitte um reichen Kindersegen?

Dieser nur 3,8 cm große, aus Elfenbein geschnitzte Kopf ist vielleicht das älteste Porträt eines Menschen. Er wurde in Brassempouy, Frankreich, gefunden und ist rund 20 000 Jahre alt.

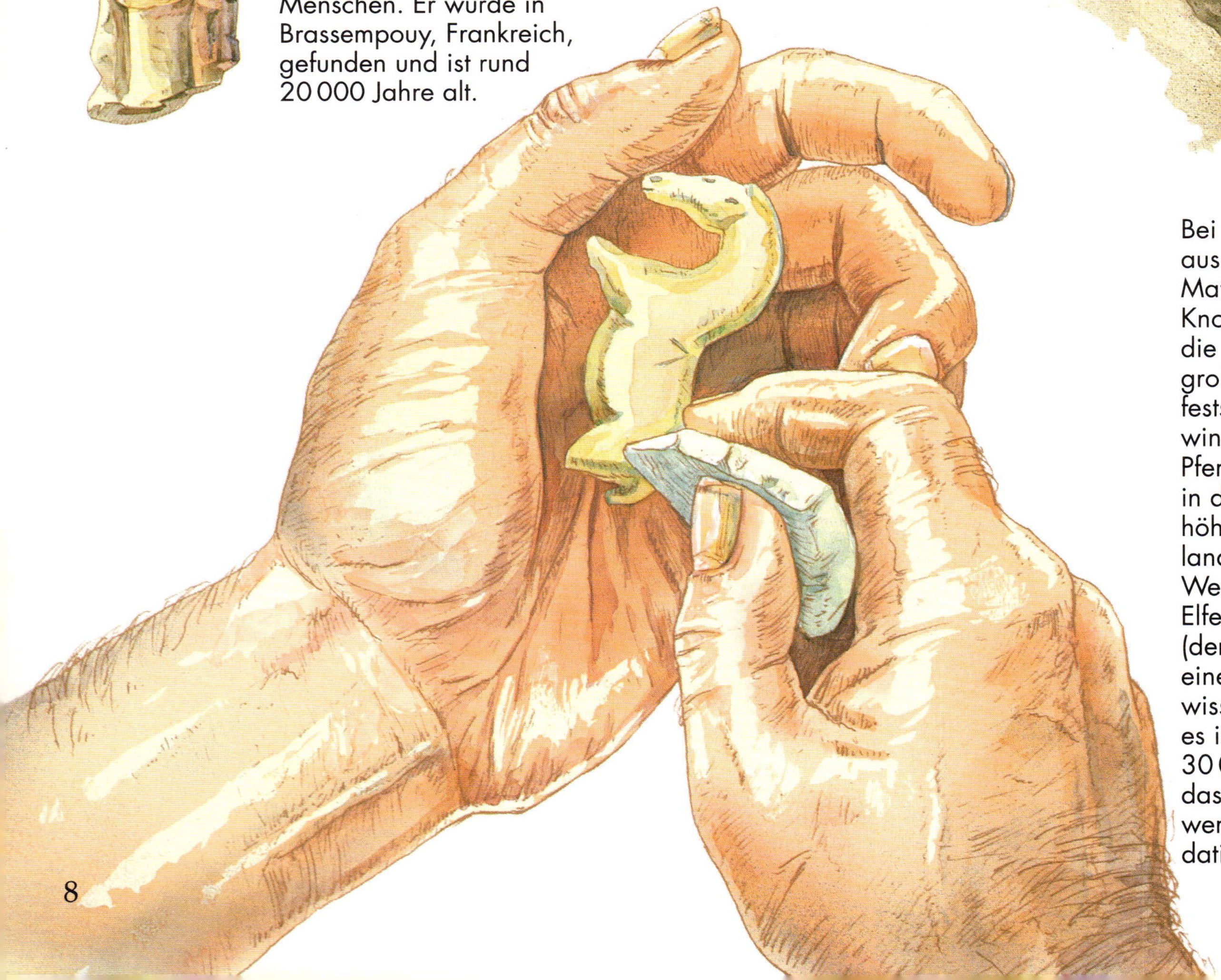

Bei Gegenständen aus lebenden Materialien (z.B. Knochen) können die Wissenschaftler grob das Alter feststellen. Dieses winzige geschnitzte Pferd (links) wurde in der Vogelherdhöhle in Deutschland gefunden. Weil es aus Elfenbein besteht (dem Stoßzahn eines Mammuts), wissen wir, wie alt es ist – etwa 30 000 Jahre. Es ist das älteste Kunstwerk, das wir datieren können.

DIE HÖHLENMALER VON LASCAUX

1940 entdeckten vier Jungen bei Montignac an der Dordogne (Frankreich) ein Loch in der Erde. Sie kletterten hinunter und stießen auf ein Labyrinth von Höhlen. Im Licht ihrer Taschenlampen sahen sie zu ihrem Erstaunen, daß die Wände mit sehr ausdrucksvollen Tierbildern bemalt waren. Diese unterirdische Kunstgalerie ist heute einer der kostbarsten Schätze Europas.

Die vor 10 000–15 000 Jahren entstandenen Felsbilder gehören zu den ältesten uns bekannten Malereien. Jäger haben sie an diesem abgeschiedenen Ort beim Licht brennender Zweige angefertigt. Diese prähistorischen Maler benutzten Farben aus zerstoßenen Steinen oder Pflanzen und stehen ihren heutigen Kollegen an Kunstfertigkeit um nichts nach. Aber warum haben sie soviel Zeit auf Gemälde verwandt, die niemand sehen konnte? Hier können wir nur vermuten, daß es sich um eine Kultstätte handelt. Gemalt wurden jedenfalls überwiegend Tiere, wie Hirsche und Wildpferde, die auch gejagt wurden. Vielleicht waren die Bilder eine Gabe für die Götter, damit sie den Jägern Jagdglück schenkten?

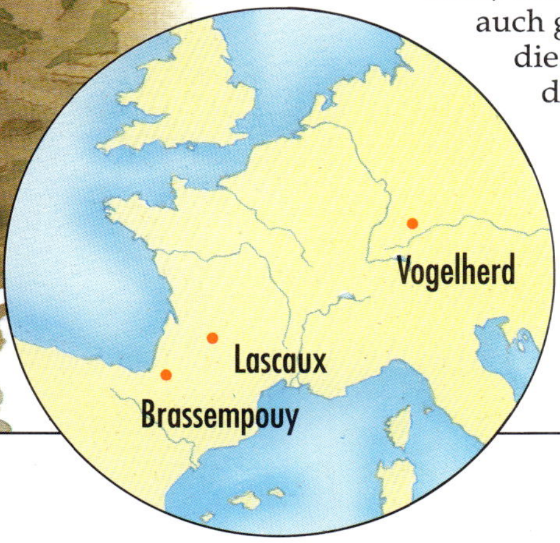

DIE ERSTEN MUSIKER

Die Musik ist als Kunst vermutlich noch älter als die Schnitzkunst und die Malerei. Die Knochenflöte, auf der dieses Mädchen spielt, wurde in Nordafrika gefunden und ist Jahrtausende älter als die ersten Schnitzarbeiten. Doch die allerersten Instrumente waren wohl Trommeln und Rasseln, zu denen es sich gut tanzen ließ. Einige dieser Ur-Instrumente werden heute noch gespielt, z. B. das traditionelle Blasinstrument „Didgeridoo“ der australischen Ureinwohner. Es ist ein langes, hohles Rohr, in das man von oben hineinbläst.

DIE MAUERN VON JERICHO

Die Stadt Jericho gilt als älteste befestigte Stadt der Welt. Trotz ihrer Befestigungsanlagen wurde sie mehrmals zerstört, aber stets an gleicher Stelle wieder aufgebaut. Die Mauern, die bei Josuas Trompetenstoß einstürzten, waren also weder die ersten noch die letzten. Die Bewohner der ersten Stadt Jericho beherrschten die Kunst, wilden Weizen anzubauen. Tagsüber arbeiteten sie auf den Feldern, nachts suchten sie Schutz vor Angreifern innerhalb der Stadtmauern.

DIE HANDWERKER VON CATAL HÜYÜK

Hier abgebildet ist die Jungsteinzeitsiedlung Catal Hüyük in der Türkei. Sie wurde aus getrockneten Lehmziegeln erbaut und ist fast so alt wie Jericho, besaß aber keine Stadtmauer. Die Häuser waren direkt aneinandergebaut und schwer zugänglich. Die einzelnen Dächer waren über Leitern miteinander verbunden. Wurden die Leitern eingeholt, war ein Eindringen so gut wie unmöglich. Bei einem Angriff glich die Siedlung einer Schnecke, die sich in ihr Haus verkrochen hatte.
Die Handwerker von Catal Hüyük waren sehr kunstfertig. Sie fertigten Schmuck und Werkzeuge aus Obsidian, einem harten, glasartigen Mineral, und Kupfer an, das sie durch Handel erwarben. Sie töpferten, verzierten Tongefäße und bemalten ihre Hauswände mit Jagdszenen.

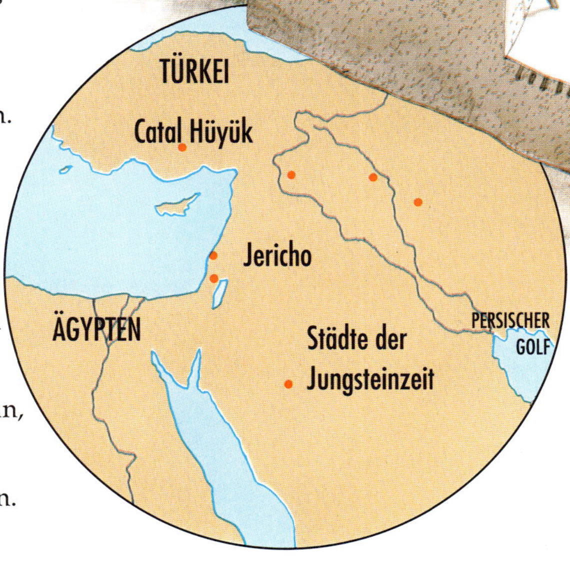

Die Städte der Jungsteinzeit lagen in einem sichelförmigen Streifen fruchtbaren Ackerlandes, der von Ägypten über die Südtürkei bis hinunter zum Persischen Golf reichte.

DIE ERSTEN STÄDTE

STÄDTISCHES LEBEN VOR 10 000 JAHREN

IN JERICHO, das westlich des Jordans in Palästina liegt, gibt es eine Quelle, die die Felder bewässert. Sie ist vermutlich der Grund, warum sich vor 10 000 Jahren erstmals Menschen hier niederließen und die älteste Stadt gründeten, die wir kennen.

Die ersten Menschen waren Nomaden, die nie lange an einem Ort lebten. Sie ernährten sich von Wildpflanzen und Waldfrüchten und jagten Tiere. Wenn es an einem Ort nicht mehr genug Nahrung gab, zogen sie weiter. Vor etwa 12 000 Jahren entdeckten sie, wie man Nutzpflanzen anbaut, und wurden allmählich seßhaft. Sie säten und ernteten Getreide und hielten Tierherden.

Mit dem Zusammenschluß zu festen Siedlungen änderte sich das Leben grundlegend: Es mußte nicht mehr jeder einzelne seine Zeit damit verbringen, Nahrung herbeizuschaffen; dafür sorgten jetzt die Bauern. Andere betrieben ein Handwerk wie Weben oder Töpfern, wurden Händler, Soldaten, Lehrer und Priester. So entwickelte sich ein differenziertes Gemeinwesen, die Zivilisation war geboren.

Die ersten Städte entstanden im östlichen Mittelmeerraum. Die allerersten Siedlungen lagen an Berghängen, wo wildes Getreide wuchs, die meisten in Flußnähe, im sogenannten „fruchtbaren Halbmond“ zwischen Euphrat und Tigris (Mesopotamien) und am Nil, wo der Boden durch die jährlichen Überschwemmungen fruchtbar und feucht war. Kleine Hügel, „tell“ auf Arabisch und „hüyük“ auf Türkisch genannt, sind die heutigen Überbleibsel solcher Steinzeitsiedlungen.

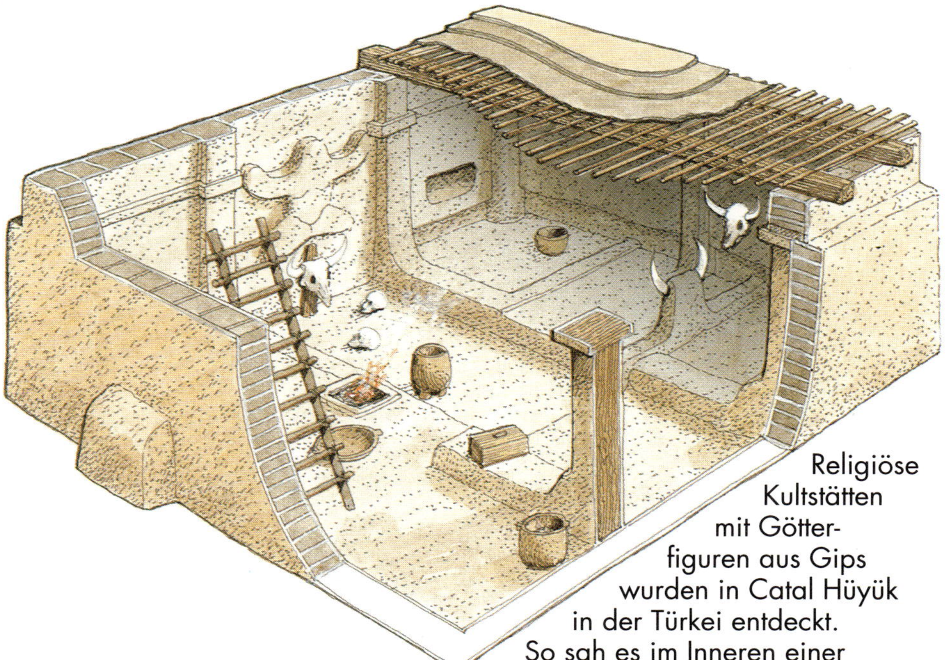

Religiöse Kultstätten mit Götterfiguren aus Gips wurden in Catal Hüyük in der Türkei entdeckt. So sah es im Inneren einer heiligen Stätte aus.

ERSTE SCHRIFTEN

VOM SYMBOL ZUM ALPHABET

STELL DIR VOR, wie die Welt aussähe, wenn niemand lesen oder schreiben könnte! Wir könnten unserer Nachwelt keine Informationen hinterlassen und müßten ganz auf die mündliche Überlieferung vertrauen.

Schrift zeichnet Sprache in Symbolen auf. Bei Sprachen wie Deutsch oder Russisch bestehen diese Symbole aus den Buchstaben des Alphabets, mit denen die Laute der Wörter nachgebildet werden. Das Deutsche hat Tausende von Wörtern, die sich alle mit nur 26 Buchstaben schreiben lassen. Aber das ist nicht die einzige Form von Schrift. Aufzeichnungen gab es schon, lange bevor es überhaupt ein Alphabet gab.

Unsere heutige Schrift ist das Ergebnis einer Entwicklung, die Jahrtausende dauerte und dort begann, wo auch unsere Zivilisation ihren Anfang nahm: in Mesopotamien (heute Irak). Die ersten Schriftstücke waren Listen, mit denen festgehalten wurde, wie viele Tiere ein Bauer besaß. Die Symbole waren einfach Bilder dieser Besitztümer. Das Symbol für eine Kuh war ein Kuhkopf. Zwei Zeichen zusammen ergaben ein neues Wort: Das Zeichen für „Frau" und das für „Berg" zusammengeschrieben bedeutete „fremde Frau" („Frau hinter den Bergen"). Die Zeichen wurden in Tontafeln geritzt, Papier kannte man damals noch nicht.

IN BILDERN SCHREIBEN

Das älteste uns bekannte Schriftstück in Bildern oder Piktogrammen kommt aus Uruk, einer Sumererstadt in Mesopotamien. Es ist eine Liste von Gütern und Nahrungsvorräten eines Tempels, die mit einem spitzen Stab oder Schilfrohrstück auf Tontafeln eingeritzt wurde. Die Tafeln (oben) sind sehr gut erhalten und heute noch lesbar, obwohl sie vor 5 300 Jahren geschrieben wurden.

Für Keilschrift wurde ein Rohrgriffel benutzt (unten).

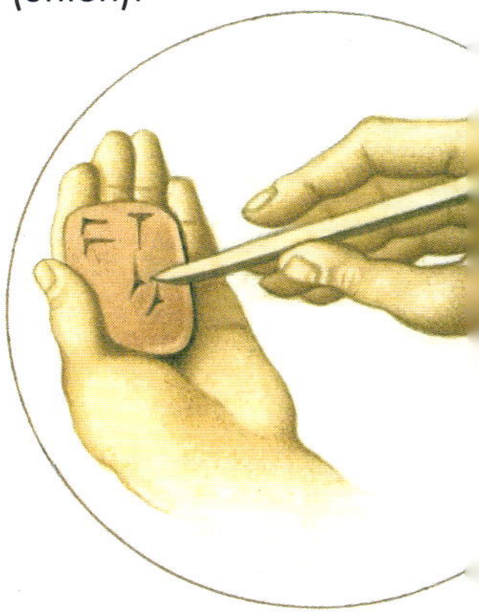

DIE CHINESISCHE SCHRIFT

Einer chinesischen Legende nach erfand vor über 4 000 Jahren der damalige Kaiser die Schrift, nachdem er die Fußabdrücke von Tieren studiert hatte. Die ältesten chinesischen Schriftzeichen wurden auf Orakelknochen gefunden: Priester schrieben Fragen auf einen Knochen und hielten ihn so lange übers Feuer, bis er Sprünge bekam. Wo und wie ein Sprung die Schrift kreuzte, wurde als Antwort der Götter ausgelegt.

Die Chinesen benutzen bis heute kein Alphabet, wie wir es kennen. Die heutigen chinesischen Schriftzeichen haben sich direkt aus den alten Bildsymbolen (Piktogrammen) entwickelt. Zwei Beispiele zeigen, wie sich die Symbole über 3 000 Jahre verändert haben.

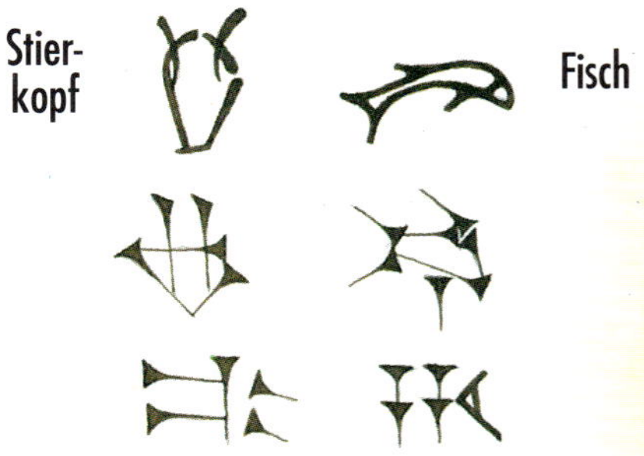

Um 2900 v. Chr. änderte sich die Sumererschrift. Geschwungene Linien verschwanden, denn gerade Linien ließen sich mit der dreieckigen Spitze des Rohrgriffels leichter ziehen. Die Keilschrift entstand (oben).

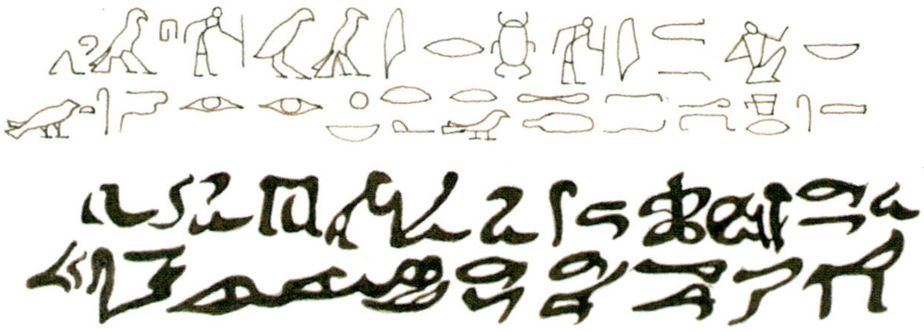

ÄGYPTISCHE HIEROGLYPHEN

Etwa 3000 v. Chr. wurde in Ägypten eine Art Bilderschrift erfunden. Die Hieroglyphen („heilige Einmeißelungen“) konnten nicht nur Gegenstände zeichnerisch darstellen, sondern auch Gedanken. Anders als mit der Keilschrift konnten so auch Gedichte, Geschichten und juristische oder medizinische Werke verfaßt werden. Doch das Schreiben war sehr mühsam! Deshalb entwickelten die vielbeschäftigten Ägypter die „schnellere“ hieratische Schrift (oben): vereinfachte Hieroglyphen, nicht so schön, aber viel praktischer!

Die Ägypter haben außerdem das Papier erfunden: Sie schnitten Papyrusmark in Streifen, die sie zu einem Bogen nebeneinanderlegten. Darauf legten sie eine zweite Schicht, wobei die oberen Streifen quer zu den unteren verliefen. Beide Schichten wurden zusammengepreßt, getrocknet und glattpoliert.

Ein Alphabet benutzten als erste die Kananiter, die vor über 3 000 Jahren in Kanaan, in Palästina, lebten. Statt Hunderte von Wortsymbolen zu lernen, mußten sie sich nur noch 20 bis 30 Zeichen (Buchstaben) einprägen, Symbole für die verschiedenen Laute. Das vereinfachte das Lesen und Schreiben enorm. Unser Alphabet geht auf dieses System zurück, auch wenn es sich stark verändert hat.

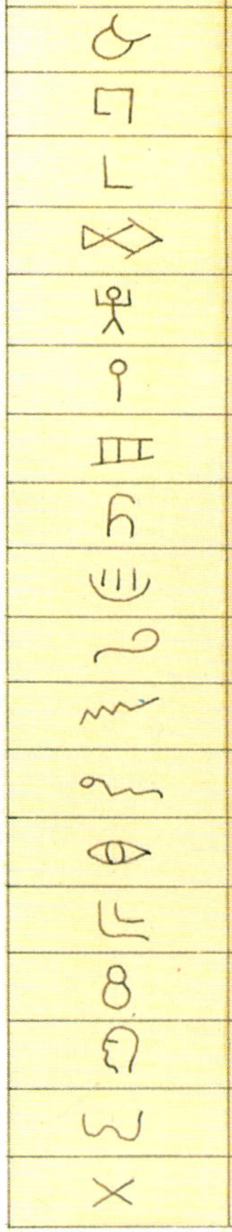

kananäisch	modern
	A
	B
	C
	D
	E
	F
	H
	I
	K
	L
	M
	N
	O
	P
	Q
	R
	S
	T

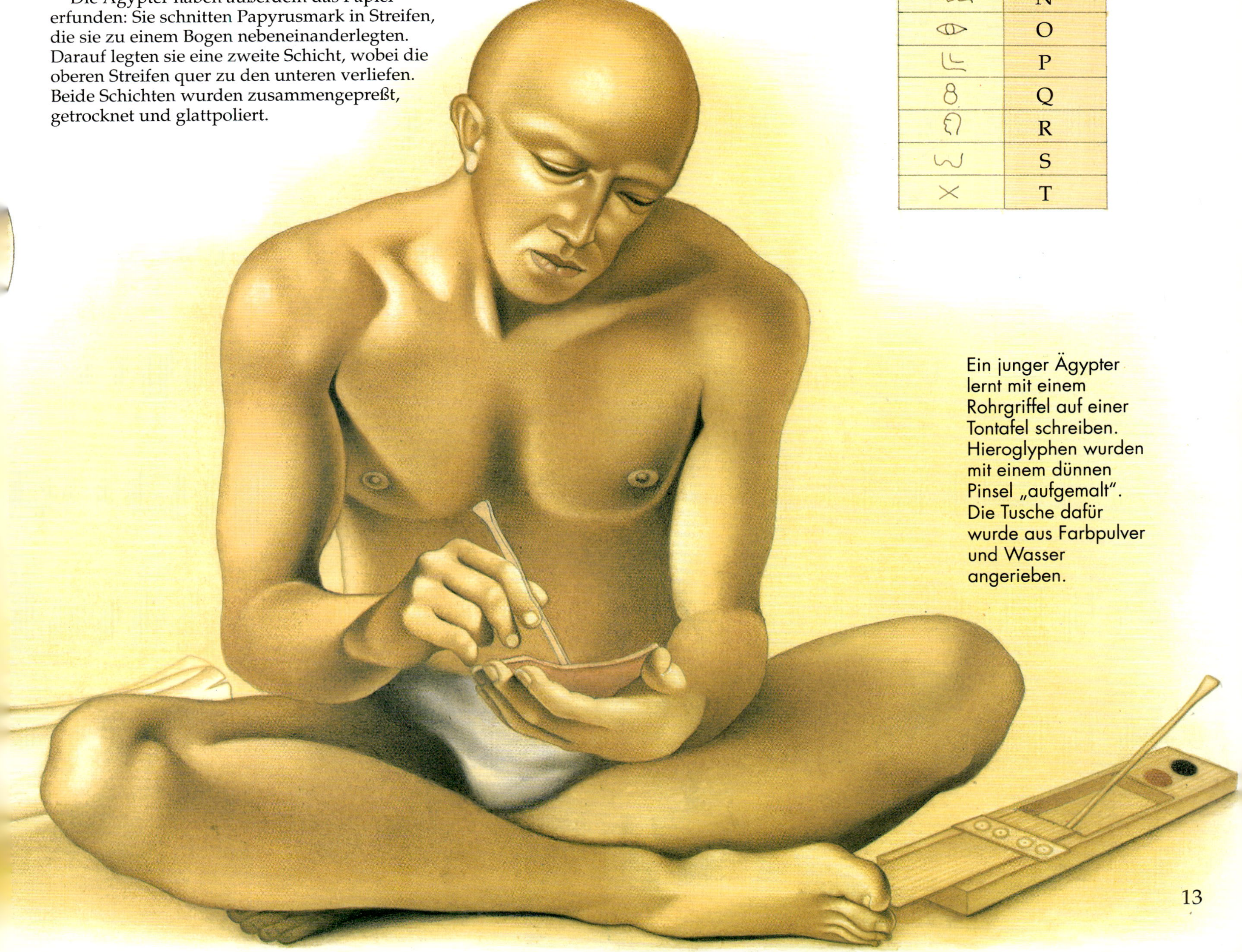

Ein junger Ägypter lernt mit einem Rohrgriffel auf einer Tontafel schreiben. Hieroglyphen wurden mit einem dünnen Pinsel „aufgemalt“. Die Tusche dafür wurde aus Farbpulver und Wasser angerieben.

DIE GRÖSSTEN PYRAMIDEN

MONUMENTE ALTER KULTUREN

NACHDEM die Spanier vor fast 500 Jahren Mexiko entdeckt und erobert hatten, zerstörten sie viele alte Tempel und bauten an ihre Stelle christliche Kirchen – eine davon in der Stadt Cholula de Rivadabia auf einem kleinen, sehr dichtbewachsenen Hügel. Nach Hügel sah zumindest aus, was in Wirklichkeit die Überreste der größten Pyramide waren, die jemals gebaut wurde.

Die erste Pyramide an dieser Stelle wurde vor über 1 800 Jahren errichtet; später wurde sie noch viermal vergrößert. Die Pyramide in ihrer endgültigen Form wurde um 800 n. Chr. fertiggestellt. Sie war etwa 54 Meter hoch und 425 Meter lang. Wie bei den meisten Pyramiden in Mittelamerika führten die Seiten nicht gerade, sondern stufenförmig nach oben, wie riesige, übereinandergestapelte Platten. Auf der obersten Plattform stand ein Tempel, der dem indianischen Gott Quetzalcóatl geweiht war.

Der größte Turmtempel (Zikkurat) wurde um 1250 v. Chr. in Mesopotamien (heute Iran) errichtet. Er ist als Tjoga Zanbil (oben) in die Geschichte eingegangen und heute eine Ruine.

Die Abbildungen sind in etwa maßstabgetreu.

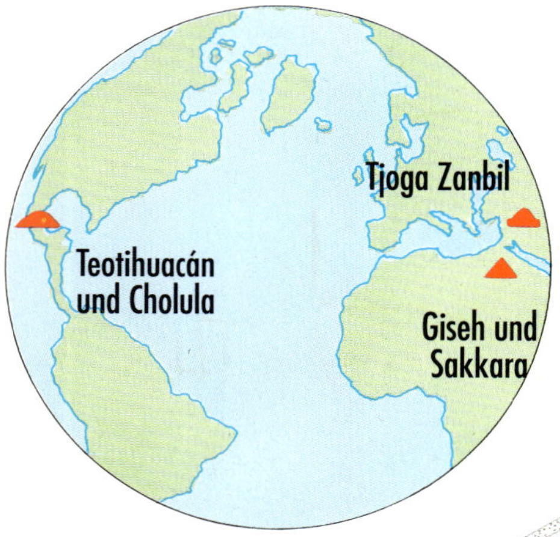

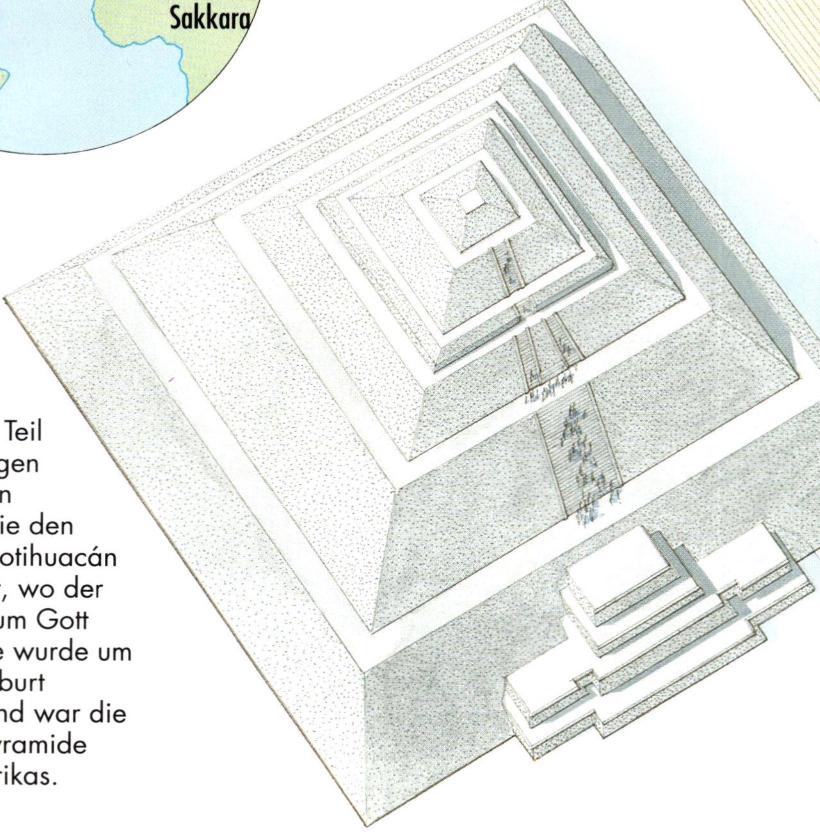

Die Sonnenpyramide (rechts) ist Teil einer riesigen Kultstätte in Mexiko, die den Namen Teotihuacán trägt („Ort, wo der Mensch zum Gott wird"). Sie wurde um Christi Geburt errichtet und war die höchste Pyramide Mittelamerikas.

Die Pyramide von Cholula (oben) ist 54 m hoch und mit ihren übereinandergeschichteten Platten typisch für die Form mittelamerikanischer Pyramiden.

DIE PYRAMIDEN VON GISEH

Die berühmtesten Pyramiden stehen in Ägypten. Die größte ist die Cheopspyramide von Giseh (rechts). König Khufu ließ sie um 2540 v. Chr. aus über zweieinhalb Millionen Kalksteinblöcken errichten, die zum Teil über 15 Tonnen wogen. Mit Holzrollen, Hebebäumen und Schlitten wurden die Steinblöcke auf fahrbaren Rampen transportiert und vorsichtig in die richtige Position gebracht. Die Baumeister nahmen ihre Aufgabe äußerst genau: Die Basis der Pyramide ist ein nahezu perfektes Quadrat, die Seiten zeigen genau nach Norden, Süden, Osten und Westen.

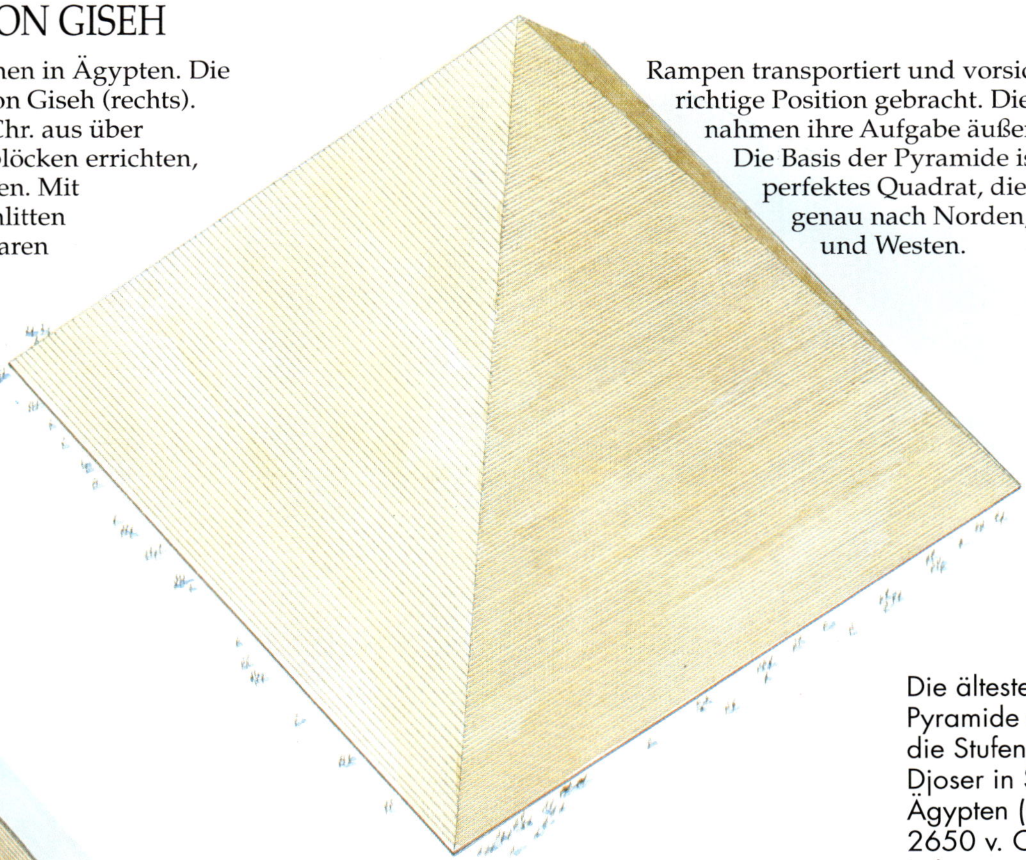

Die älteste bekannte Pyramide der Welt ist die Stufenpyramide des Djoser in Sakkara, Ägypten (unten), die um 2650 v. Chr. von Imhotep erbaut wurde. Später versahen die Ägypter ihre Pyramiden mit glatten Seitenwänden (oben).

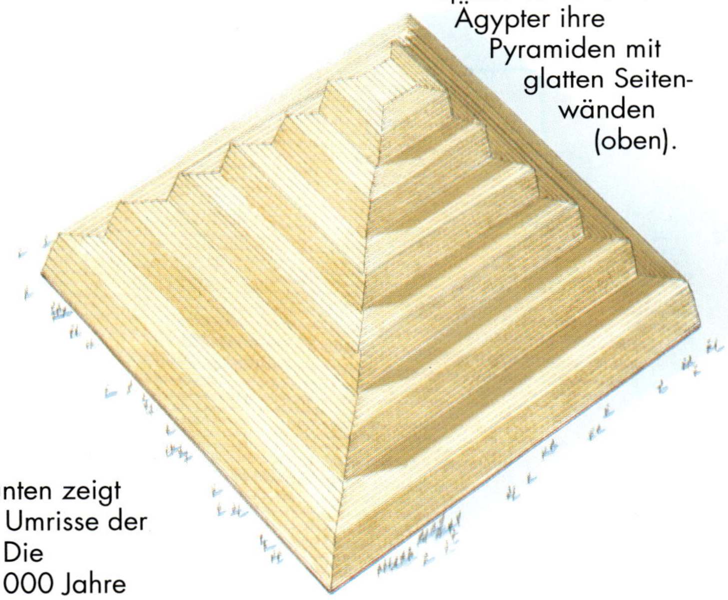

Die Schemazeichnung unten zeigt im Größenvergleich die Umrisse der fünf großen Pyramiden. Die Cheopspyramide war 4 000 Jahre lang das höchste Bauwerk der Welt (siehe Seite 33).

DIE GRÖSSTEN GOTTESHÄUSER

KIRCHEN UND TEMPEL AUS ALLER WELT

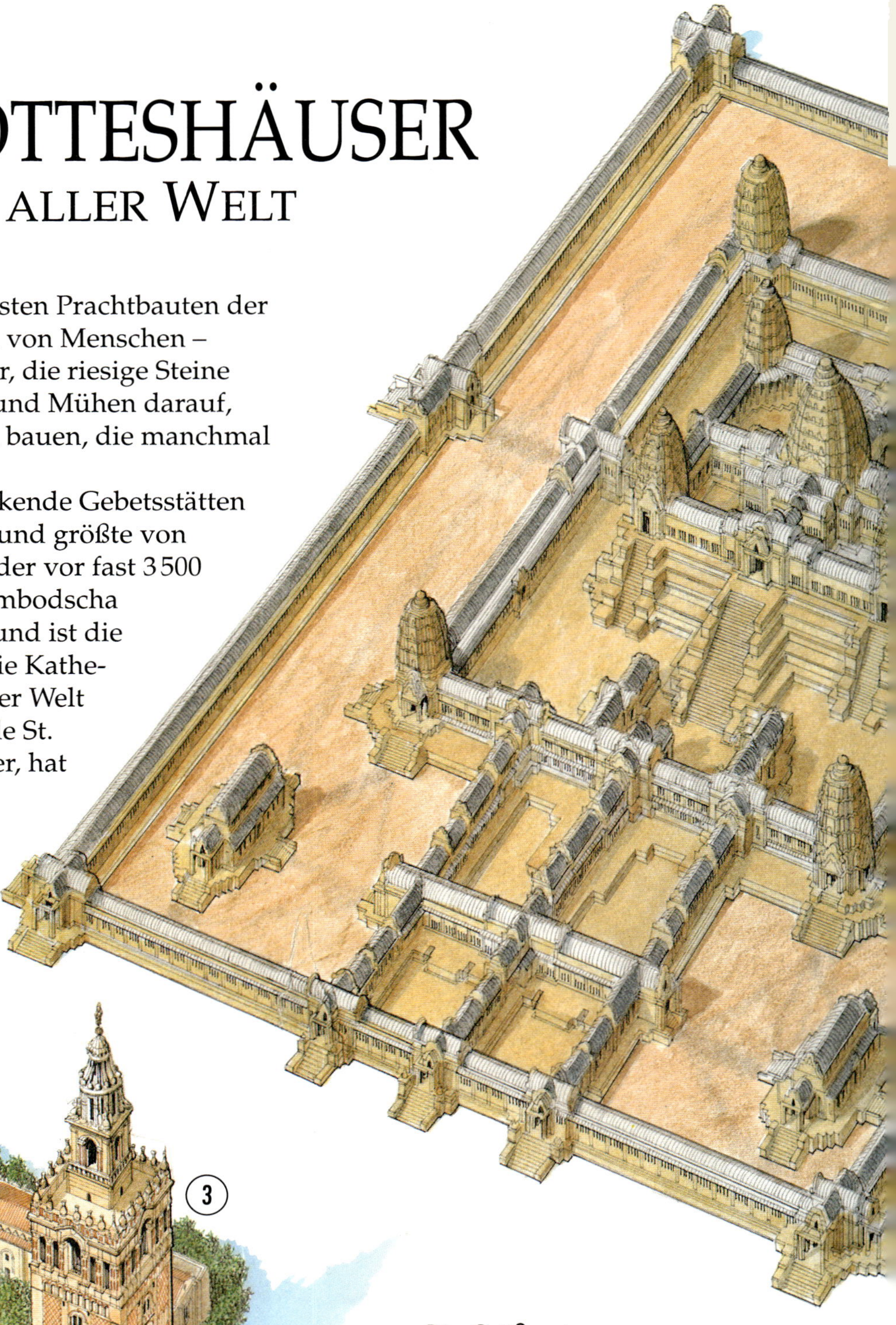

BIS ZUM VORIGEN Jahrhundert wurden die meisten Prachtbauten der Welt aus religiösen Gründen errichtet. Millionen von Menschen – Steinhauer, Steinmetze und gewöhnliche Bauarbeiter, die riesige Steine transportieren mußten, verwandten enorme Kräfte und Mühen darauf, Tempel, Kathedralen, Moscheen oder Pyramiden zu bauen, die manchmal ungeheure Ausmaße hatten.

Auf diesen beiden Seiten siehst du drei beeindruckende Gebetsstätten verschiedener Religionsgemeinschaften. Die älteste und größte von allen ist der Amun-Tempel im ägyptischen Karnak, der vor fast 3500 Jahren entstand. Der Tempel von Angkor Wat in Kambodscha besteht aus vielen Türmen, Galerien und Terrassen und ist die größte religiöse Anlage, die jemals gebaut wurde. Die Kathedrale von Sevilla in Spanien hat von allen Kirchen der Welt die größte Grundfläche. Die unvollendete Kathedrale St. John the Divine in New York ist flächenmäßig kleiner, hat aber einen größeren Rauminhalt.

Die Kathedrale von Sevilla (unten) war ursprünglich eine Moschee. Die spanischen Christen, die Sevilla von den Mauren zurückeroberten, vergrößerten den Bau und wandelten ihn in eine Kathedrale um. Das ursprüngliche Minarett der Moschee wurde zum Glockenturm und bekam nach der Wetterfahne (‚giraldillo') den Namen Giralda. In der Kathedrale befindet sich das Grab von Christoph Kolumbus.

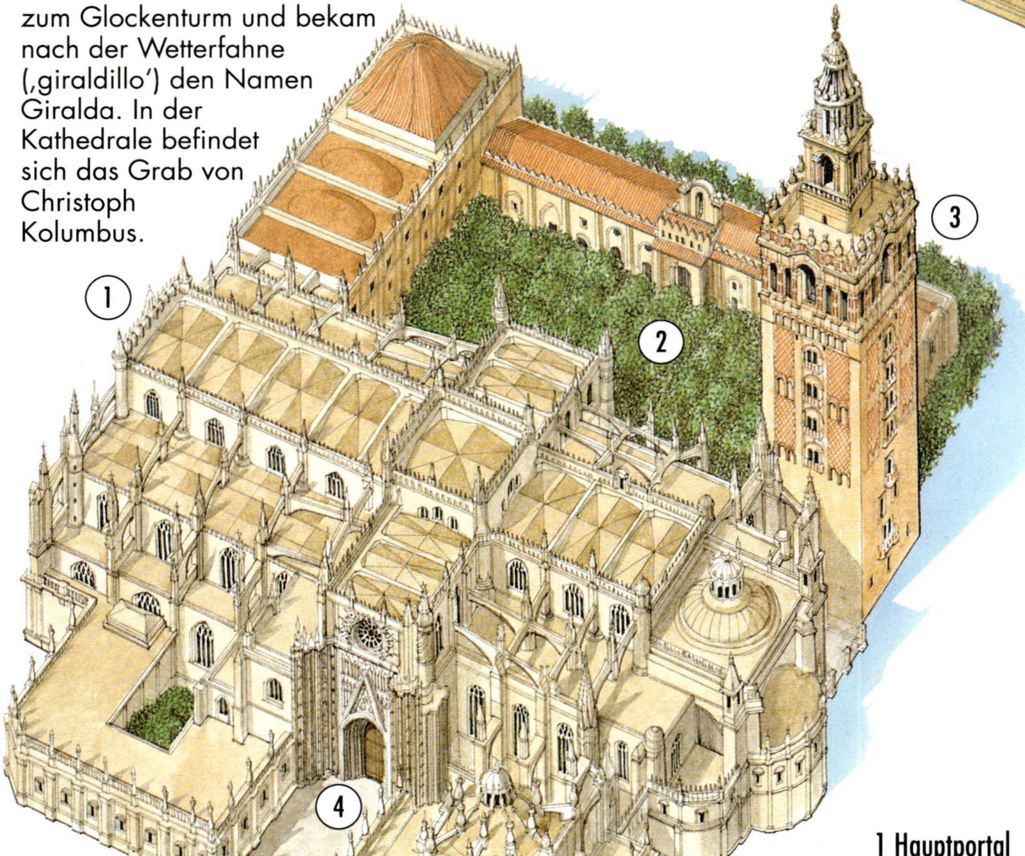

1 Hauptportal
2 Orangenhof
3 Giralda
4 Puerta de San Cristóbal

Die Größe eines zweistöckigen Hauses im Vergleich zu den Monumentalbauten.

Der im 12. Jahrhundert erbaute große Hindu-Tempel Angkor Wat (links) war Teil einer weitläufigen Tempelstadt, die sich auf eine Länge von 8 x 24 km erstreckte. Angkor war die Hauptstadt des reichen Khmer-Königreichs, bis sie nach der Zerstörung durch die Thai gegen 1440 aufgegeben wurde. Heute liegt der Tempel, der erst im 19. Jahrhundert wieder freigelegt wurde, mitten im Dschungel.

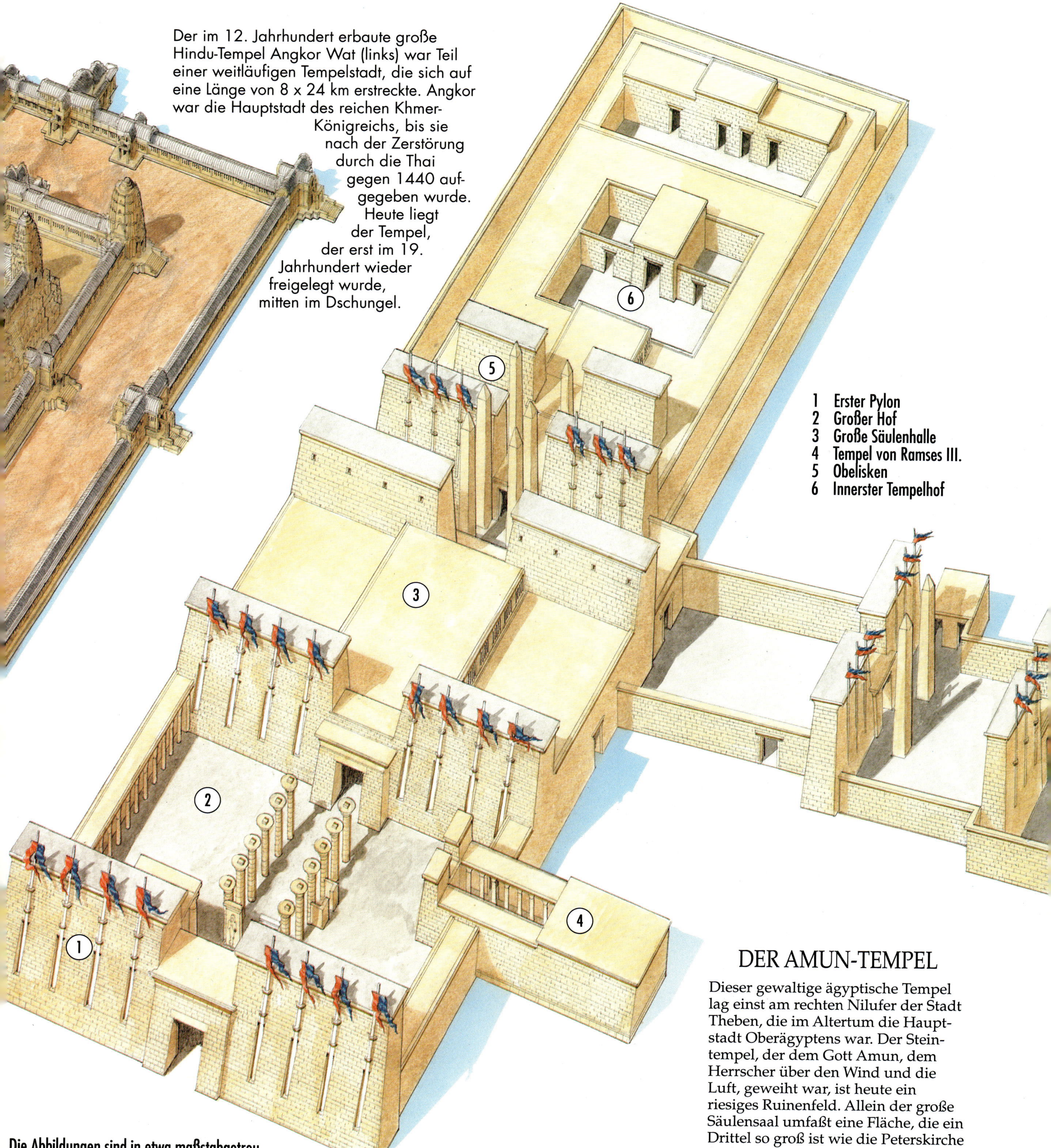

1 Erster Pylon
2 Großer Hof
3 Große Säulenhalle
4 Tempel von Ramses III.
5 Obelisken
6 Innerster Tempelhof

Die Abbildungen sind in etwa maßstabgetreu.

DER AMUN-TEMPEL

Dieser gewaltige ägyptische Tempel lag einst am rechten Nilufer der Stadt Theben, die im Altertum die Hauptstadt Oberägyptens war. Der Steintempel, der dem Gott Amun, dem Herrscher über den Wind und die Luft, geweiht war, ist heute ein riesiges Ruinenfeld. Allein der große Säulensaal umfaßt eine Fläche, die ein Drittel so groß ist wie die Peterskirche (siehe Seite 31).

DIE ANFÄNGE DES SPORTS

KAMPFSPORT IM ALTEN ÄGYPTEN

UNSERE VORFAHREN waren Sammler und Jäger, aber die Jagd war für sie kein Sport, sondern ein Mittel zum Überleben. Jagdsport im eigentlichen Sinn ist eine Errungenschaft der Zivilisation (siehe Seite 11). Es begann damit, daß Könige und Edelleute zum Spaß und Zeitvertreib Wild mit Speeren jagten.

Viele der ersten Sportarten wie Ringen, Bogenschießen und Fechten entwickelten sich aus dem kriegerischen Kampf: Um sich darauf vorzubereiten, mußten junge Männer das Kämpfen üben, mit bloßen Händen oder mit Waffen.

Über die alten Ägypter, die eine der ersten Hochkulturen hervorbrachten, wissen wir so viel, weil sie fast alles, was sie taten, in Worten und Bildern festhielten – so sind uns zum Beispiel Zeichnungen junger Männer beim Ringen oder Fechten und Beschreibungen von Schwimm- und Ruderwettkämpfen auf dem Nil erhalten geblieben.

Mit Pfeil und Bogen wurde schon vor 50 000 Jahren gejagt. Im alten Ägypten war das Bogenschießen (unten) ein beliebter Sport. Ein vor etwa 3 500 Jahren entstandenes Tempelrelief zeigt König Amenophis II., wie er einen Pfeil auf ein Ziel abschießt – und das in rasanter Fahrt auf einem Streitwagen!

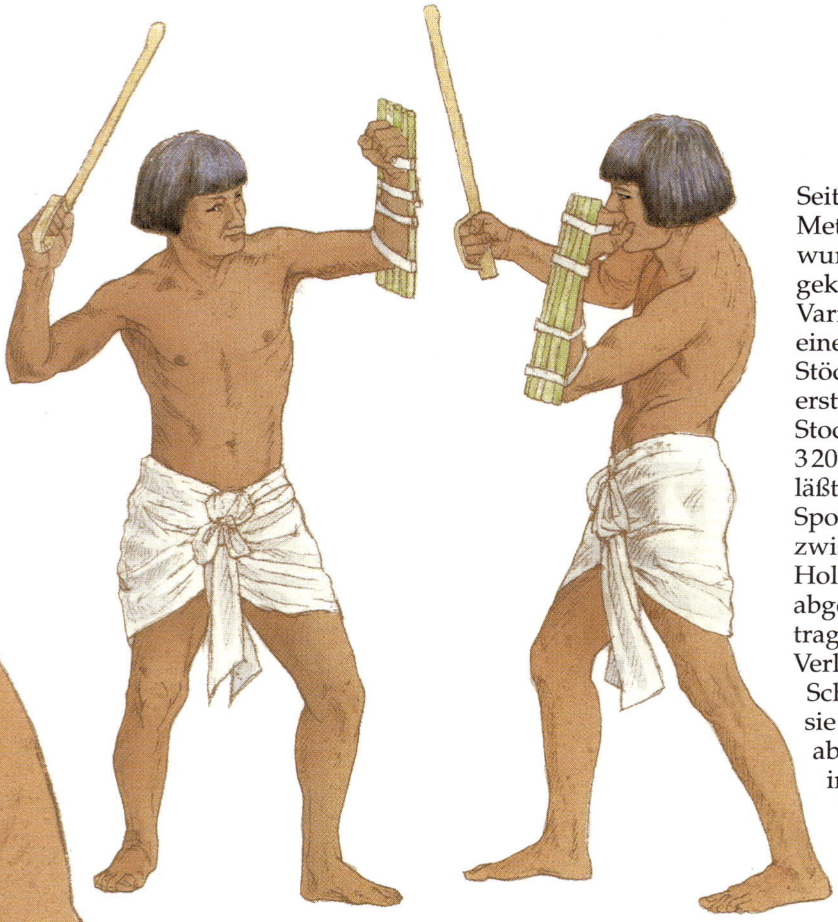

STOCKKÄMPFE

Seit die Menschen Waffen aus Metall herstellen konnten, wurde mit Schwertern gekämpft. Die sportliche Variante des Schwertkampfes – eine Art Fechten – wurde mit Stöcken ausgeführt (links). Der erste Bericht über einen Stockkampf in Ägypten ist etwa 3200 Jahre alt. Die Abbildung läßt erkennen, daß es sich um Sport und nicht um ein Duell zwischen Feinden handelt: Die Holzstöcke sind an der Spitze abgestumpft, und die Kämpfer tragen zum Schutz gegen Verletzungen einen schmalen Schild am freien Arm, mit dem sie gegnerische Ausfälle abwehren. Stockkämpfe waren im alten Ägypten sehr beliebt.

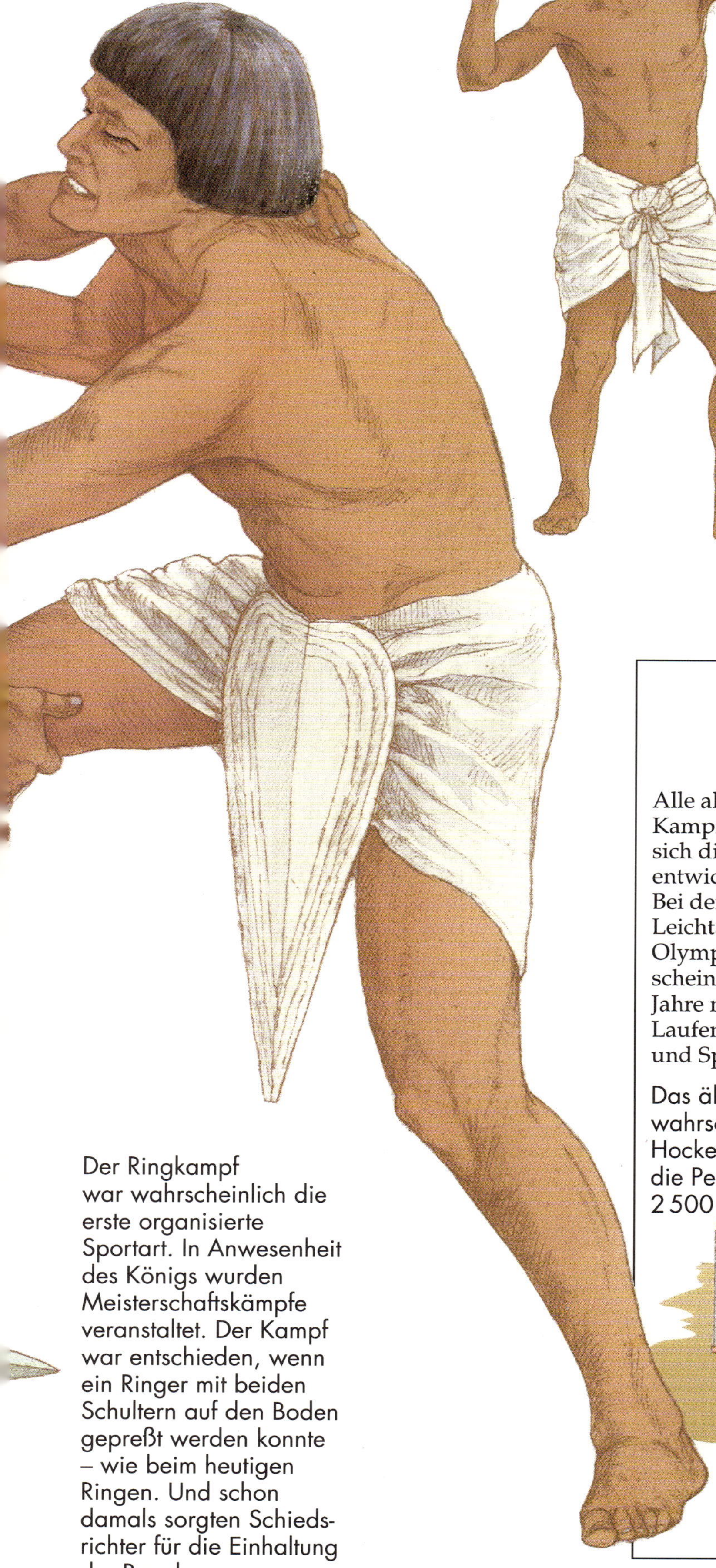

Der Ringkampf war wahrscheinlich die erste organisierte Sportart. In Anwesenheit des Königs wurden Meisterschaftskämpfe veranstaltet. Der Kampf war entschieden, wenn ein Ringer mit beiden Schultern auf den Boden gepreßt werden konnte – wie beim heutigen Ringen. Und schon damals sorgten Schiedsrichter für die Einhaltung der Regeln.

DIE ERSTEN OLYMPIADEN

Alle alten Kulturen kannten den Kampfsport, doch wann genau sich die anderen Sportarten entwickelten, wissen wir nicht. Bei den alten Griechen stand die Leichtathletik hoch im Kurs. Olympiaden fanden wahrscheinlich ab 776 v. Chr. alle vier Jahre mit den Disziplinen Laufen, Weitsprung, Diskus- und Speerwerfen statt.

Das älteste Mannschaftsspiel ist wahrscheinlich Polo, eine Art Hockey auf Pferden (unten), das die Perser schon vor mindestens 2500 Jahren spielten.

Zwischen 2000 und 1400 v. Chr. blühte auf der Mittelmeerinsel Kreta die minoische Kultur. Oben sind zwei junge Minoer beim Boxkampf abgebildet.

DER GRÖSSTE PALAST

BLICK IN DIE VERBOTENE STADT

STELL DIR eine Schachtel vor. Du machst sie auf und findest darin eine kleinere Schachtel, in der steckt wieder eine usw. … Peking, die Hauptstadt Chinas, ist nach diesem Schachtelprinzip angelegt. Es gibt eine innere Stadt, die Altstadt, und eine äußere Stadt, die sie wie ein großes Rechteck umschließt. In der inneren Stadt befindet sich die ebenfalls rechteckig angelegte Kaiserstadt, und darin eingeschlossen ein weiteres Rechteck, die Verbotene Stadt.

Innerhalb ihrer Mauern stehen die Palastgebäude, in denen die chinesischen Kaiser bis 1912 lebten. Dann dankte der letzte Kaiser Puyi ab, der damals ein sechsjähriger Junge war. „Verbotene Stadt" heißt die Palaststadt, weil gewöhnliche Bürger sie nicht betreten durften. Hielten sie sich nicht an das Verbot, wurden sie hingerichtet. Heute ist der größte Palast der Welt ein Museum.

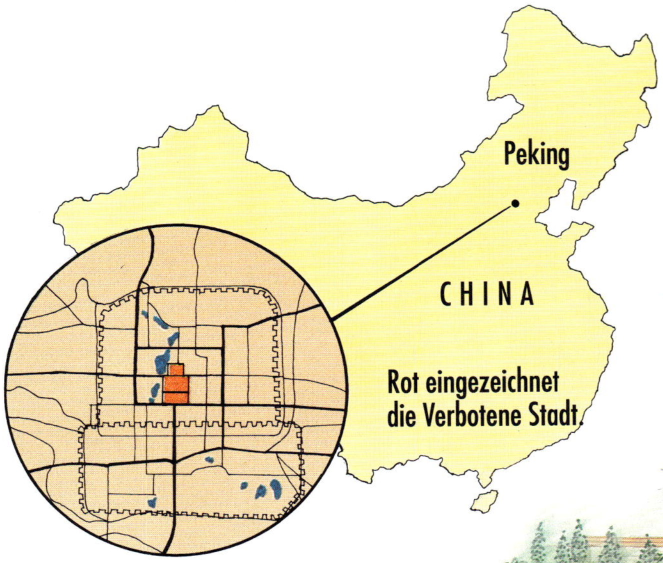

Yong Le (links), der dritte Kaiser der Ming-Dynastie, begann 1404 mit dem Bau der Verbotenen Stadt.

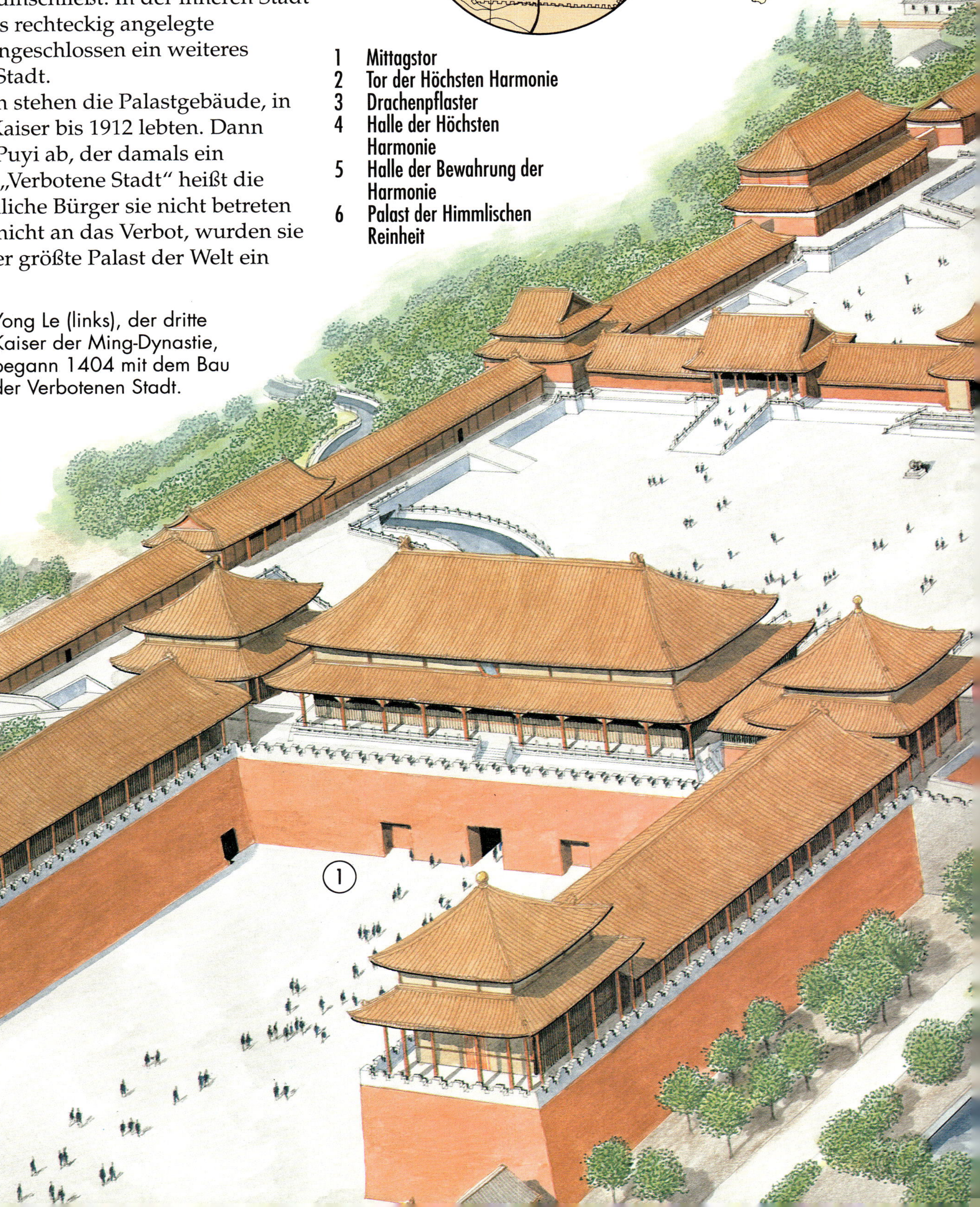

1 Mittagstor
2 Tor der Höchsten Harmonie
3 Drachenpflaster
4 Halle der Höchsten Harmonie
5 Halle der Bewahrung der Harmonie
6 Palast der Himmlischen Reinheit

DER KAISERPALAST

Die Verbotene Stadt war die Residenz des Kaisers. Hier lebte er mit seiner Familie und seinem Hofstaat. Am Mittagstor fand sich der Kaiser ein, um seine Armee zu inspizieren. Auf der anderen Seite des Kanals führt ein weiteres Tor zu dem riesigen Innenhof, wo sich die Hauptbauten des Palastes befinden. Am eindrucksvollsten ist die Halle der Höchsten Harmonie, die auf einem Marmorsockel steht. Kein Gebäude in Peking durfte höher sein. Hier steht der goldene Drachenthron des Kaisers.

Ein Wachturm der Verbotenen Stadt (rechts). In einem der Tore steckt immer noch ein Pfeil der Rebellen, die 1813 versuchten, den Palast zu erstürmen.

DAS LÄNGSTE BAUWERK
DIE CHINESISCHE MAUER

Die Chinesen stellten sich die Große Mauer als Drachen vor (rechts), der ihr Land vor den kriegerischen Steppenvölkern des Nordens beschützen sollte.

DIE MAUER VERTEIDIGEN

Die Soldaten, die die Mauer bewachten, lebten in den Wachtürmen. Bei einem Angriff zündeten sie als Signal ein Feuer, daraufhin eilten ihnen die Soldaten anderer Mauerabschnitte zu Hilfe. Im Schutz der Zinnen beschossen sie Feinde, die versuchten, die Mauer hochzuklettern, mit Pfeilen, und von riesigen Wurfmaschinen wurden Steine hinabgeschleudert. In friedlichen Zeiten besserten die Soldaten die Mauer aus oder arbeiteten auf dem Feld.

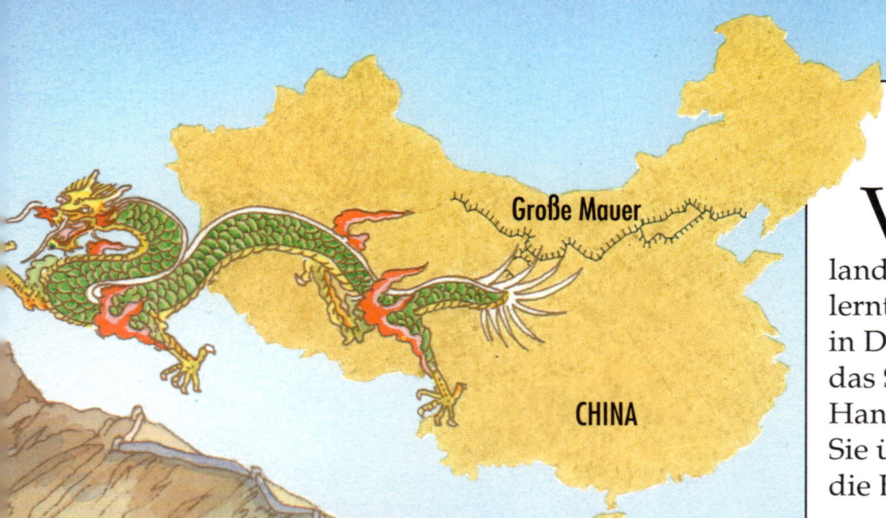

DIE ERSTE GROSSE MAUER

VOR ZEHNTAUSEND JAHREN waren die Menschen noch nicht seßhaft. Sie zogen auf der Suche nach Weideland mit ihren Herden von einem Ort zum anderen. Erst als sie lernten, Pflanzen anzubauen, siedelten sich einige Menschen in Dörfern an, entwickelten handwerkliche Fähigkeiten wie das Schmieden von Metall und trieben mit anderen Dörfern Handel. Für die Nomaden waren die Dörfer verlockende Ziele. Sie überfielen sie, um Nahrungsvorräte zu erbeuten, brachten die Bewohner um und verbrannten ihre Häuser. Die Dorfbewohner errichteten Befestigungsmauern um ihre Siedlungen, um sich gegen diese Überfälle zu schützen.

Was im kleinen schützte, schien auch für große Reiche geeignet. Die Kaiser der Qing-Dynastie hatten um 200 v. Chr. ihre Herrschaft über ein gewaltiges Gebiet ausgedehnt, in dem eine der ältesten Hochkulturen blühte. Um die ständigen Überfälle der kriegerischen Stämme aus dem Norden abzuwehren, beschlossen sie den Bau einer Verteidigungsanlage. So entstand die erste Große Mauer, die vom Gelben Meer bis zu den Steppen Zentralasiens reichte.

Die Mauer zieht sich wie eine Schlange über Chinas Berge und Täler. An Gefahrenstellen wurde sie zusätzlich verstärkt, am Xifengkou-Paß am Ostende standen beispielsweise drei Befestigungslinien hintereinander.

DER BAU DER MAUER

Die Chinesische Mauer ist das längste Bauwerk, das Menschen je errichtet haben. Der Bau dieser Anlage ging natürlich nicht in einem Zug vor sich, sondern dauerte viele Jahrhunderte. Der größte Teil der heutigen Mauer stammt aus dem 14.–16. Jahrhundert. Millionen von Arbeitern schleppten die Steine in Körben herbei (rechts). Die fertige Mauer ist 5700 Kilometer lang und fast 10 Meter hoch. Alle 200 Meter steht ein Wachturm, und oben auf der Mauer können zehn Menschen nebeneinander herlaufen.

DIE ÄLTESTE MONARCHIE

DIE KAISER VON JAPAN

IM ALTEN JAPAN glaubte man, die japanischen Inseln seien von der Sonnengöttin erschaffen worden. Deren Sohn Jimmu habe das Volk unter seiner Herrschaft vereint und sei der erste japanische Kaiser (Tenno) geworden.

Der Legende nach begann Jimmus Kaiserzeit 660 v. Chr. Die heutigen Historiker gehen inzwischen davon aus, daß Jimmu zwischen 40 und 10 v. Chr. gelebt hat. Die japanische Kaiserfamilie geht in direkter Abstammungslinie auf diesen Reichsgründer zurück und ist damit die älteste noch amtierende Monarchie der Welt.

Japan hatte immer einen Kaiser oder auch eine Kaiserin, die als Monarchen und Gottheiten betrachtet wurden. Doch der Gottkaiser hatte nicht immer viel zu sagen. Jahrhundertelang kämpften andere, einflußreichere Familien um die Macht – Japan wurde von Bürgerkriegen zerrissen.

Im 16. Jahrhundert kehrte mit den Shogun oder „Gouverneuren" aus der Tokugawa-Familie der Frieden wieder ein. Zwar waren sie dem Kaiser ergeben, besaßen aber in Wirklichkeit mehr Macht als er. 200 Jahre lang riegelten sie Japan von der Außenwelt ab: Kein Ausländer durfte Japan besuchen, kein Japaner ins Ausland reisen. Auch innerhalb der Landesgrenzen führten sie ein strenges Regiment: Aufrührerische Edelleute wurden in ihren eigenen Burgen gefangengehalten. Von allem unbehelligt lebte der Kaiser in seinem Palast in Kioto.

Kaiser Jimmu (rechts) und seine Nachfahren vereinten vor über 2 000 Jahren die japanischen Inseln. Jimmus Leben und seine Taten sind zur Legende geworden.

Prinz Shotoku errichtete im 7. Jahrhundert die ersten buddhistischen Klöster. Kloster Horiuji in Nara (rechts) ist der älteste erhaltene Holzbau der Welt.

Die japanische Shinto-Religion wurde vor etwa 1500 Jahren von Kaiser Suinin begründet. Dies ist der Shinto-Tempel von Ise (links), der erste, den Kaiser Suinin für die Sonnengöttin erbauen ließ. In seinem Innern steht noch immer ihr heiliger Spiegel.

PRINZ SHOTOKU

Prinz Shotoku (572 – 622) kam in einem Stall zur Welt, wurde aber einer der großen Männer Japans. Er lebte zu einer Zeit, als sich die buddhistische Religion von China über Korea nach Japan ausbreitete, und machte sie zur Staatsreligion. Außerdem legte er die erste japanische Verfassung nieder, einen Kodex von 17 Regierungsartikeln.

DAS MODERNE JAPAN

Unter den Tokugawa-Shogun war Japan vom Rest der Welt isoliert. Das änderte sich 1854, nach dem Besuch einer amerikanischen Expedition unter der Führung von Marineoffizier Matthew Perry. Japan begann, seine Häfen für amerikanische Schiffe zu öffnen und mit westlichen Ländern Handel zu treiben. Gleichzeitig protestierten die Arbeiter gegen ihre miserablen Arbeitsbedingungen. Der letzte Tokugawa-Shogun wurde 1867 zum Rücktritt gezwungen, und Kaiser Meiji übernahm die Regierung. Er zog in den alten Shogun-Palast und begann mit der Modernisierung der japanischen Wirtschaft. Er baute auch eine starke Armee und eine mächtige Marine auf. Mit seinem modernen Heer erlangte Japan Siege über China und Rußland.

Im Ersten Weltkrieg gehörte Japan als Verbündeter Großbritanniens zu den Siegermächten. Danach besetzte es die Mandschurei, wurde aber im Zweiten Weltkrieg zurückgeschlagen und als Verbündeter Deutschlands 1945 von den Amerikanern besiegt.

Kaiser Hirohito (dessen Regierungszeit von 1926–1989 die längste in der japanischen Geschichte war) war ein in sich gekehrter Mann, der sich intensiv dem Studium der Meerestiere widmete. Nach Japans Niederlage im Zweiten Weltkrieg erklärte er, daß er kein Gott sei. Das war das Ende einer 2000jährigen Tradition. Nach Hirohitos Tod folgte ihm sein Sohn Akihito auf den Thron.

Die Mongolen sind Nomaden. Sie lebten und leben heute noch in großen Rundzelten, den Jurten.

Dschingis Khan (1155–1227, oben), Sohn eines Mongolenfürsten, war noch ein Kind, als sein Vater getötet wurde. Als Erwachsener schaltete er nach und nach alle seine Feinde aus und wurde einer der größten Eroberer der Welt.

DIE MONGOLISCHE REITERARMEE

Von den mongolischen Reitern gehörten die meisten zur leichten Kavallerie, in der schnell geritten und mit Pfeilen geschossen wurde (oben rechts). Der Reiter links, ein mongolischer Adliger, gehört zur schweren Kavallerie. Dort trug man Helm und Rüstung, die überwiegend aus Leder bestanden, und häufig wurde ein schweres Schwert mitgeführt.

DAS GRÖSSTE REICH
EROBERUNGSZÜGE DER MONGOLEN

DIE MONGOLEN waren Nomadenstämme, die in Nordostasien lebten. Gegen Ende des 12. Jahrhunderts wurden sie von Temudjin geeinigt, der später den Namen Dschingis Khan („Fürst über alle Länder zwischen den Meeren“) annahm und sich aufmachte, die Welt zu erobern. Die Mongolen waren erfahrene Reiter und ausgezeichnete Bogenschützen. Sie liebten ihre zähen, launischen Ponys fast so sehr wie ihre eigenen Kinder. Am liebsten kämpften sie mit Pfeil und Bogen und schossen aus vollem Galopp. Sie hatten auch riesige Wurfmaschinen, mit denen sie bewehrte Städte angriffen. Unter Dschingis Khan organisierten sie sich zu einer Armee, der niemand Widerstand leisten konnte. 1211 griffen sie das nordchinesische Qing-Reich an. Sie stürmten über die Wüste Gobi, zerschlugen die Qing-Armeen und eroberten Peking, wo sie große Verwüstungen anrichteten. Dann nahm sich Dschingis Khan die moslemischen Reiche Zentralasiens vor. Seine Kavallerie stürmte durch den gesamten Mittleren Osten und über die Weiten Rußlands sogar bis nach Europa vor.

Die Eroberung Chinas wurde von Dschingis' Enkel Kublai Khan vollendet. Er war der größte Herrscher der Welt, hatte aber bald Schwierigkeiten, die Kontrolle über ein so großes Reich zu behalten. Es zerfiel in einzelne Staaten. Im 14. Jahrhundert eiferte ein weiterer mongolischer Eroberer, Tamerlan, Dschingis Khan nach. Er war ein glänzender Krieger, doch im Gegensatz zu Dschingis ein schlechter Regent. Sein Reich brach nach seinem Tod auseinander.

Auf dem Höhepunkt seiner Ausdehnung (1279) war das mongolische Reich das größte zusammenhängende Reich der Erde. Die gestrichelte rote Linie stellt seine Grenzen dar.

Mit ihren mächtigen Bogen feuerten die mongolischen Schützen in vollem Galopp zunächst leichte Pfeile ab, aus kurzer Distanz dann schwerere, die Rüstungen durchbohren konnten.

DIE GRÖSSTE BURG

PRAGS HOFBURG, DAS HERZ TSCHECHIENS

DIE PRAGER BURG, der Hradschin, ist das großartigste Bauwerk der Tschechischen Republik und gleichzeitig die größte Burganlage der Welt. Sie wurde im 9. Jahrhundert gegründet und seitdem oft umgebaut und vergrößert. Heute umfaßt sie eine Fläche von 267 500 m². Die Prager Hofburg ist wie eine Stadt in der Stadt; ihre Paläste, Kirchen, Häuser und Türme wurden in verschiedenen Epochen erbaut. Hier befindet sich auch das Grab des Heiligen Wenzel, des einstigen Königs und heutigen Schutzpatrons der Tschechen.

Der Hradschin thront über der Stadt auf einem Hügel über der Moldau. Die ursprünglich hölzerne Burg wurde im 11. und 12. Jahrhundert durch einen romanischen Bau ersetzt. Der Bau des Veitsdoms begann 1344 und wurde erst 1929 fertiggestellt.

SCHLOSS WINDSOR

Das Stammschloß des englischen Königshauses bei London ist die größte und älteste Burg, die heute noch als Königsresidenz genutzt wird. Sie wurde von Wilhelm dem Eroberer erbaut, um London verteidigen zu können, falls ein Feind in das Themse-Tal einfallen sollte. In Windsor Castle steht ein Puppenhaus, das Königin Mary 1924 geschenkt bekam, mit tautropfengroßen Glühbirnchen und winzigen Autos, die mit einem Liter Benzin 150 000 km fahren könnten!

DER KLEINSTE STAAT
DIE VATIKANSTADT

DIE VATIKANSTADT ist alles, was vom Landbesitz des Papstes heute noch übrig ist – bis 1870 gehörte den Päpsten fast ganz Mittelitalien! Nach einem Vertrag mit der italienischen Regierung wurde die Vatikanstadt 1929 ein unabhängiger Staat mit eigener Regierung. Mit einer Fläche von 44 Hektar (ein Achtel des New Yorker Central Parks) ist die Vatikanstadt der kleinste Staat der Welt.

Der Vatikan ist das Zentrum der römisch-katholischen Kirche mit ihren fast 900 Millionen Gläubigen. Hier hat der Papst, das Oberhaupt dieser Kirche, seinen Wohnsitz; die Einwohnerzahl beträgt etwa 800.

Der winzige Staat wird von der prachtvollen Peterskirche und dem Platz davor beherrscht. Er besitzt zahlreiche Paläste, Museen, Schulen, zwei weitere Kirchen und einen Bahnhof. Der Ministaat hat eine eigene Bank, Post und Zeitung und gibt eigene Briefmarken und Münzen heraus.

Der Staat Vatikanstadt liegt am Westufer des Tiber in Rom, der Hauptstadt Italiens.

DIE ÄLTESTE ARMEE

Die Schweizergarde wurde 1506 gegründet und ist damit die älteste und mit 100 Mann auch die kleinste Berufsarmee der Welt. Mitglieder der Garde müssen ihre Ausbildung im Schweizer Heer absolvieren. Kämpfen mußten sie bislang nur einmal: 1527 verteidigten sie den Papst gegen die Streitkräfte von Kaiser Karl V.

DER GRÖSSTE KIRCHENBAU

Wo heute die Peterskirche steht, befanden sich im Alten Rom die Gärten Neros. Hier wurden viele Christen hingerichtet, unter anderem der Namenspatron der Kirche, der Apostel Petrus, der im Jahre 67 gekreuzigt wurde. Über seinem Grab wurde später eine Kirche erbaut, die tausend Jahre überdauerte. Dann beschlossen die Päpste, die verfallene Kirche durch eine neue zu ersetzen. Die größten Architekten der damaligen Zeit, darunter auch Michelangelo, machten die Entwürfe und leiteten den Bau der neuen Peterskirche, der 1507 begonnen und erst über 150 Jahre später vollendet wurde.

Heute versammeln sich jede Woche Massen von Menschen auf dem Petersplatz, um den Segen des Papstes zu erhalten, den er von einem Balkon über dem Platz aus spendet.

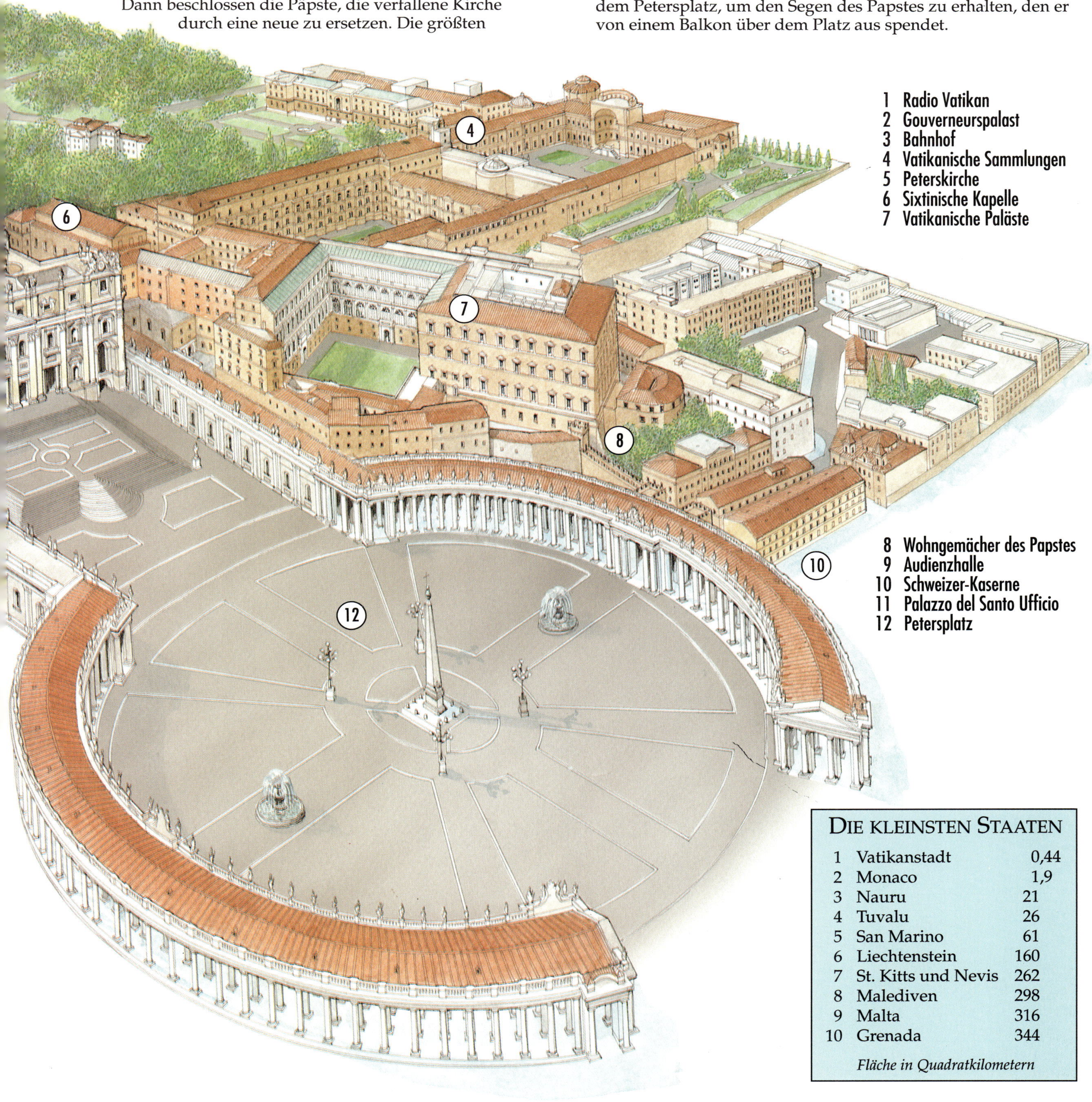

1 Radio Vatikan
2 Gouverneurspalast
3 Bahnhof
4 Vatikanische Sammlungen
5 Peterskirche
6 Sixtinische Kapelle
7 Vatikanische Paläste
8 Wohngemächer des Papstes
9 Audienzhalle
10 Schweizer-Kaserne
11 Palazzo del Santo Ufficio
12 Petersplatz

DIE KLEINSTEN STAATEN

1	Vatikanstadt	0,44
2	Monaco	1,9
3	Nauru	21
4	Tuvalu	26
5	San Marino	61
6	Liechtenstein	160
7	St. Kitts und Nevis	262
8	Malediven	298
9	Malta	316
10	Grenada	344

Fläche in Quadratkilometern

EMPOR ZU DEN WOLKEN
DIE HÖCHSTEN GEBÄUDE EINST UND JETZT

FAST 4000 JAHRE lang blickte die Cheopspyramide von Giseh auf die anderen großen Pyramiden des Alten Ägypten herab – und auf alle anderen Bauwerke der Welt. Als einziges der sieben Weltwunder ist sie noch zum großen Teil erhalten (siehe Seite 15).

Der Rekord von Giseh wurde erst mit den großen mittelalterlichen Kathedralen gebrochen. 1311 übertrumpfte die Kathedrale von Lincoln mit dem bleibedeckten Holzdach ihres Mittelturms die Cheopspyramide. Zwar wehte ein Sturm 1549 das Dach herunter, aber erst 1884 wurde ein höheres Bauwerk errichtet, ein Obelisk zum Andenken an George Washington, den ersten Präsidenten der USA.

Schon fünf Jahre später kehrte der Rekord nach Europa zurück: Die Welt staunte über Gustave Eiffels Stahlkonstruktion, die große Sensation der Weltausstellung von 1889 in Paris. 230 Arbeiter hämmerten in etwas über zwei Jahren mit zweieinhalb Millionen Nieten die 18000 Teile des 300 m hohen Turms zusammen. 1959 wurde noch eine 20 Meter hohe Fernsehantenne daraufgesetzt. Bei Sturm schwankt der Eiffelturm 13 Zentimeter hin und her, bei Hitze dehnt sich das Metall, und der Turm wächst noch um 18 Zentimeter.

Mit der neuen Stahlskelett-Bauweise und der Erfindung elektrischer Aufzüge kamen die Wolkenkratzer, und es war nur eine Frage der Zeit, bis einer von ihnen den Titel „höchstes Gebäude der Welt" erobern würde. Das schaffte 1930 das Chrysler Building, um ein paar Monate später von einem anderen New Yorker Wolkenkratzer, dem Empire State Building, überholt zu werden. Der Dachaufsatz dieses Gebäudes, der 20 Jahre später um einen Fernsehmast erweitert wurde, war ursprünglich als Anlegeplatz für Luftschiffe geplant. Das Empire State Building blieb Rekordhalter bis 1973, als die Zwillingstürme des World Trade Center 413 m hoch in den Himmel stiegen.

Noch im gleichen Jahr ging der Rekord an den Sears Tower in Chicago, der immer noch das höchste Bürogebäude der Welt ist. Seit 1976 wird der Höhenrekord vom CN-Tower, dem Fernsehturm von Toronto, gehalten: Er ist so hoch wie fünfeinhalb Fußballfelder übereinander!

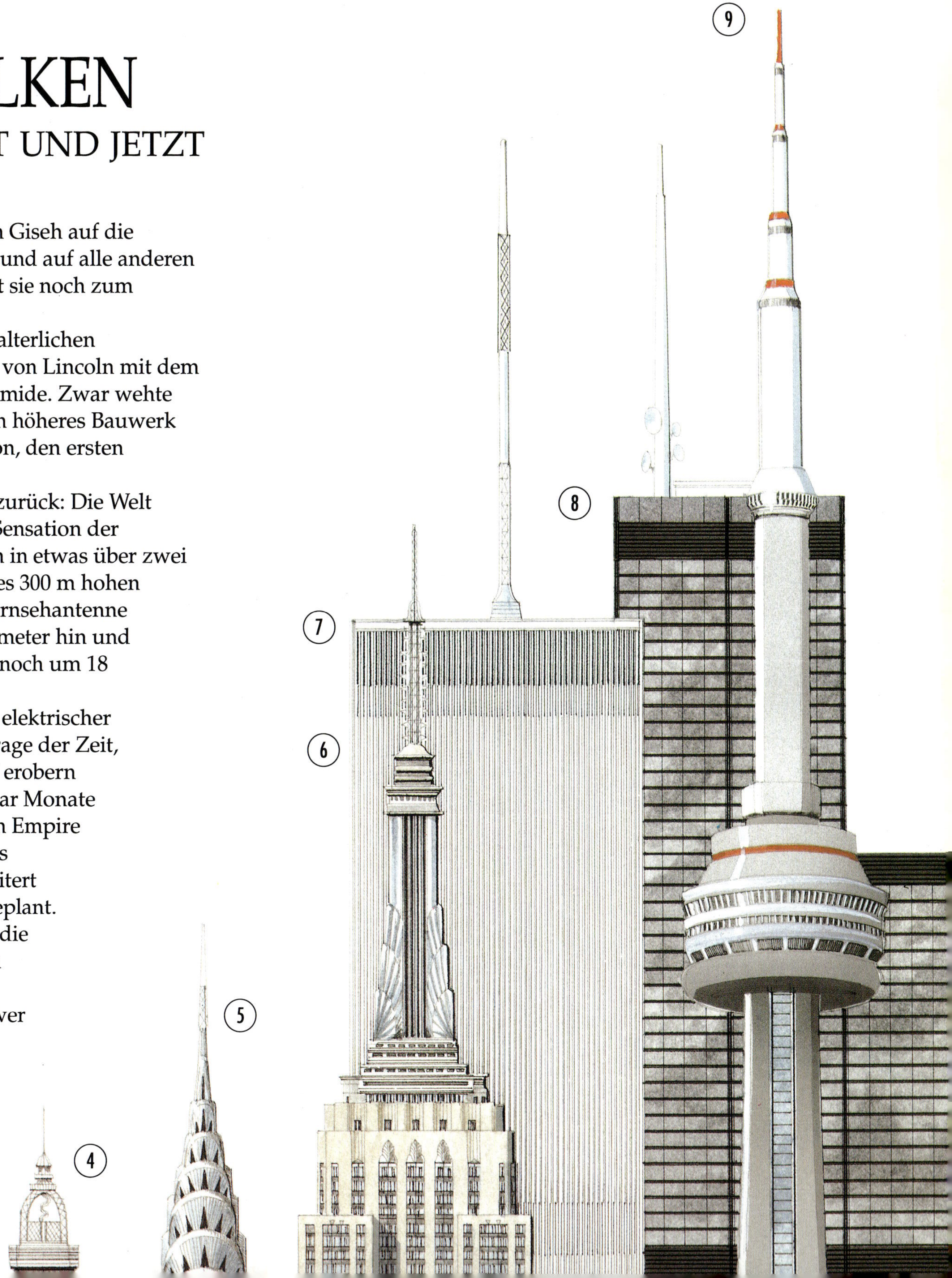

Die Abbildungen sind in etwa maßstabgetreu.

1 etwa 2580 v. Chr. Cheopspyramide, Ägypten 147 m
2 1311 Kathedrale von Lincoln, England 160 m
3 1884 Washington-Monument, Washington, USA 169 m
4 1889 Eiffelturm, Paris, Frankreich 301 m
5 1930 Chrysler Building, New York, USA 319 m
6 1930 Empire State Building, New York, USA 381 m
7 1973 World Trade Center, New York, USA 413 m
8 1973 Sears Tower, Chicago, USA 443 m
9 1976 Fernsehturm von Toronto, Kanada 553 m

REKORDE DER BAUKUNST

MONUMENTALBAUTEN

GATEWAY ARCH, das höchste Denkmal der Welt, steht in St. Louis am Mississippi. Der 1965 erbaute, 192 Meter hohe Edelstahlbogen bildet einen Regenbogen nach. Er ist innen hohl. Du kannst mit einem Aufzug nach oben fahren und durch Luken hinausgucken. Gateway Arch soll an die historische Rolle von St. Louis als „Tor zum Westen" erinnern. Mitte des 19. Jahrhunderts brachen von hier aus unzählige Farmer in der Hoffnung auf ein besseres Leben nach Oregon oder Kalifornien auf. Ochsen zogen ihre Planwagen, die vollgepackt mit ihrer ganzen Habe waren.

DIE GRÖSSTE SKULPTUR

Ein erstaunlicher Anblick erwartet die Besucher der Black Hills in South Dakota, USA: Von einer Granitfelswand des Mount Rushmore blicken vier gigantische Köpfe über das Tal. Sie gehören vier berühmten amerikanischen Präsidenten: George Washington, Thomas Jefferson, Theodore Roosevelt und Abraham Lincoln (von links nach rechts). Der Bildhauer Gutzon Borglum meißelte sie vor über 50 Jahren mit Dutzenden von Helfern aus dem Stein.

15 Jahre dauerte es, bis die größte Porträtgalerie der Welt vollendet war. Vor der Arbeit am Berg fertigte Borglum Modelle an, die ein Zwölftel so groß waren wie die späteren, je 20 Meter hohen Originale. Dann schlugen die Steinmetze die groben Umrisse aus dem Fels. Details wie die Pupillen, die die Gesichter lebendig machen, wurden zum Schluß ausgearbeitet.

Gateway Arch
größtes Denkmal

Die Abbildungen sind in etwa maßstabgetreu.

Das Ulmer Münster in Deutschland hält den Rekord für den höchsten Kirchturm der Welt. Baubeginn war 1377 (angeblich sollen die Fundamente mit Goldmünzen und Juwelen bedeckt sein), doch der 161 m hohe Turm wurde erst 1890 vollendet. Bis zu seiner obersten Aussichtsgalerie führen 768 Stufen.

Rekordanspruch erhebt auch die Erste Methodistenkirche in Chicago, die auf einen 22stöckigen Wolkenkratzer aufgesetzt wurde; die Turmspitze befindet sich 173 m über dem Boden.

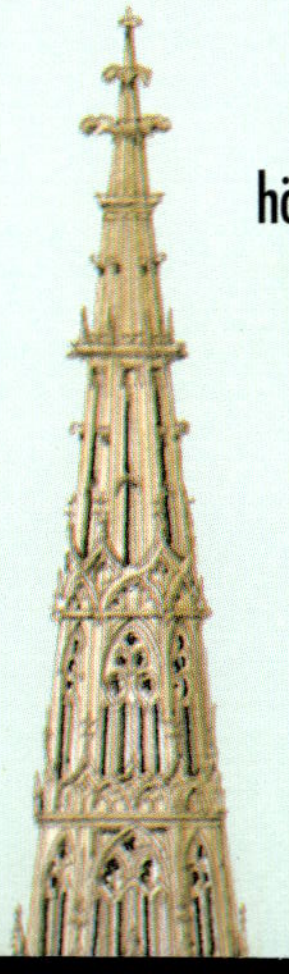

Ulmer Münster
höchster Kirchturm

Siegessäule von San Jacinto
höchste Säule

Die höchste Siegessäule der Welt steht in San Jacinto, Texas, USA (links). Sie ist 174 m hoch. Allein der Texasstern auf der Spitze wiegt fast 200 Tonnen. Die Säule wurde 1936 zur Erinnerung an eine fast 100 Jahre zurückliegende Schlacht errichtet. Damals besiegten die Texaner in einem Blitzangriff von nur 18 Minuten die mexikanische Armee. In den folgenden neun Jahren, bis 1845, war Texas ein unabhängiger Staat.

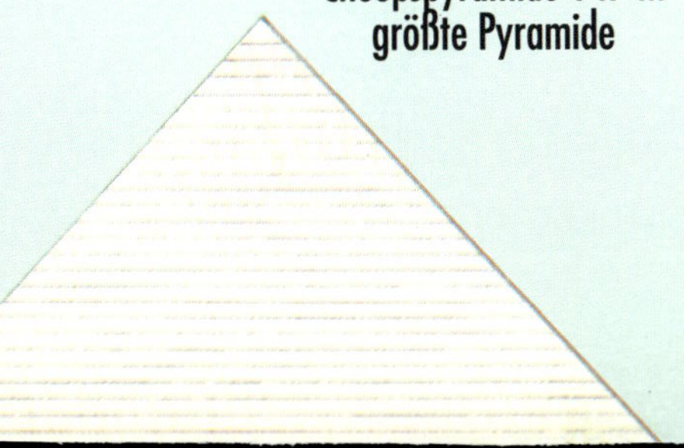

Cheopspyramide 147 m
größte Pyramide

‚Mit 82 Metern Höhe (einem dreiviertel Fußballfeld) ist „Mutterland“ die größte Statue der Welt. Allein das Schwert ist über 30 Meter lang! Die Skulptur wurde zwischen 1959 und 1967 aus Beton gegossen und steht auf einem Hügel bei der russischen Stadt Wolgograd. Sie erinnert an eine entscheidende Schlacht im Zweiten Weltkrieg: Die deutsche Armee griff 1942 die damals Stalingrad genannte Stadt an, doch die Russen schlugen sie zurück.

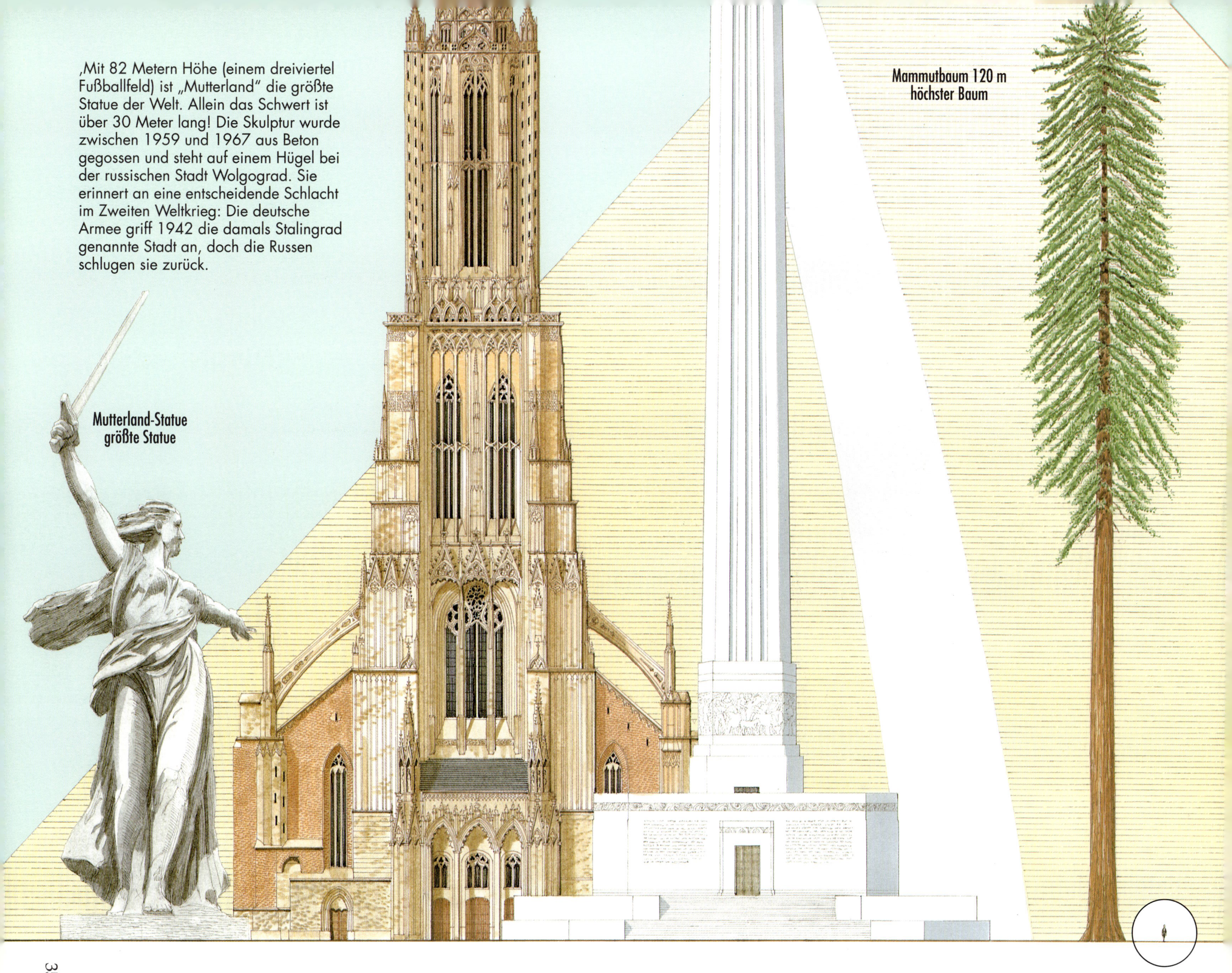

DIE LÄNGSTE BRÜCKE

VON HONSHU NACH SHIKOKU

JAPAN IST ein Inselreich mit vier Hauptinseln und Hunderten kleiner Inseln. Wenn das Honshu-Shikoku-Projekt fertiggestellt ist, werden alle vier Hauptinseln über Brücken oder Tunnel mit dem Zug erreichbar sein.

Das Projekt umfaßt drei Inselverbindungen, die jeweils aus einer Kette von Brücken bestehen. Eine ist bereits fertiggestellt, die anderen sollen noch vor der Jahrtausendwende folgen. Dazu gehört auch die Akashi-Kaikio-Brücke, die 1998 fertiggestellt werden soll. Sie löst dann die Humber-Brücke in England als längste Hängebrücke der Welt ab.

Die Brücken überspannen das Wasser des sogenannten Seto-Binnenmeers. Es hat viele kleine Inseln, von denen manche als „Trittsteine" für Brückenpfeiler genutzt werden. Japan wird häufig von Erdbeben und Taifunen heimgesucht. Die Brücken müssen diesen Naturkräften trotzen und den starken Strömungen, die bei Ebbe und Flut im Setomeer entstehen, widerstehen. Die Brückeningenieure mußten zudem berücksichtigen, daß sie in einem Nationalpark bauen, in dem schöne und seltene Pflanzen und Tiere leben. Die Brücken und Straßen mußten so geplant werden, daß die Umwelt möglichst wenig Schaden erleidet.

Die längsten Hängebrücken der Welt

		fertiggestellt	Spannweite (in Metern)
1	Akashi-Kaikio, Japan	1998 (geplant)	1780
2	Großer Belt, Dänemark	1997 (geplant)	1624
3	Humber, Großbritannien	1981	1410
4	Verrazano Narrows, USA	1965	1298
5	Golden Gate, USA	1937	1280
6	Mackinac Straits, USA	1957	1158
7	Minami Bisan-Brücke, Japan*	1988	1100
8	Bosporus II, Türkei	1988	1090
9	Bosporus I, Türkei	1973	1074
10	George Washington, USA	1931	1064
11	Tejo-Brücke, Portugal	1967	1013
12	Forth Bridge, England	1964	1006
13	Kita Bisan-Brücke, Japan*	1988	990
14	Severn, Großbritannien	1966	988
15	Shimotsui-seto, Japan*	1988	940

** Diese Brücken sind Teil der Seti-Ohashi-Brücke*

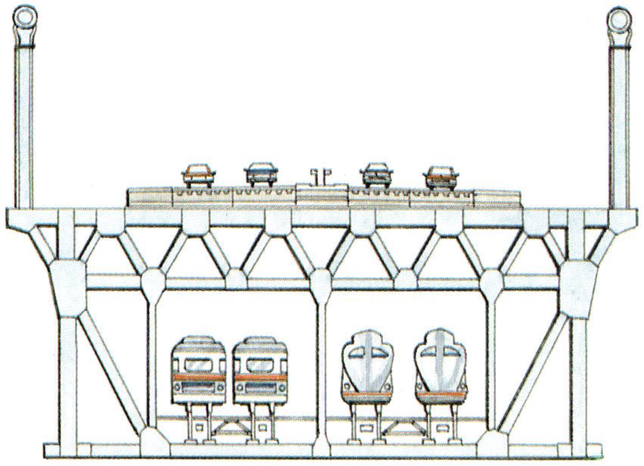

Querschnitt durch eine doppelgeschossige Brücke (oben). Oben fahren Autos und Lastwagen auf einer vierspurigen Schnellstraße, unten verkehren Hochgeschwindigkeitszüge.

Über fünf Inseln und zehn Kilometer Wasserfläche schlängelt sich die Seti-Ohashi-Brücke, die fast 13 km lang ist. Hängebrücken haben die größte Spannweite. Die Fahrbahn hängt an Seilen, die an hohen Pfeilern befestigt sind.

Die Seti-Ohashi-Brücke

Diese Brücke ist die längste Brücke der Welt, die sowohl von Autos als auch von Zügen befahren werden kann. Drei Hängebrücken, drei weitere große Brücken und drei Viadukte sind die Glieder der Kette. Insgesamt wurden dafür 296 000 km Stahlseil verbaut – eine Strecke, die siebenmal um die Erde reichen würde, und dann wären immer noch ein paar Tausend Kilometer übrig!

DIE ERSTE WELTUMSEGELUNG

DER TRIUMPH DER VICTORIA

1519 brachen fünf Schiffe unter der Leitung von Fernando Magellan von Spanien auf. Ihr Ziel war es, einen neuen Westweg zu den Molukken oder „Gewürzinseln" in Fernost zu finden. Geplant war, die Küste Südamerikas hinunterzusegeln und nach einem Schiffahrtsweg zum Pazifik zu suchen. Nach heftigen Stürmen entdeckten sie schließlich die heute nach ihrem Entdecker benannte „Magellanstraße" zwischen Feuerland und Südamerika. Dann durchquerten sie in vier Monaten den Pazifik. Die Bedingungen an Bord waren hart, es kam zu Meutereien, als die Vorräte knapp wurden, und zwei der Begleitschiffe sanken im Sturm. Das Trinkwasser wurde trüb und verdarb, und als aller Proviant aufgebraucht war, ernährten sich die Seeleute von Ratten und kochten sogar ihre eigenen Stiefel. Magellan wurde auf den Philippinen getötet, doch sein Schiff, die Victoria, gelangte zu den Molukken. Magellans Nachfolger, Kapitän Juan Sebastián Elcano, trat die Rückfahrt über den Indischen Ozean an und erreichte Spanien 1082 Tage nach der Abreise. Nur 17 Männer der ursprünglich 277 hatten diese erste Weltumsegelung überlebt.

Portugiesische Kaufleute waren bereits ostwärts, um die Südspitze Afrikas herum zu den Gewürzinseln gesegelt. Dieser Seeweg war den Spaniern laut Vertrag mit Portugal verboten. Daher beschlossen sie, nach einem Westweg zu den Molukken zu suchen.

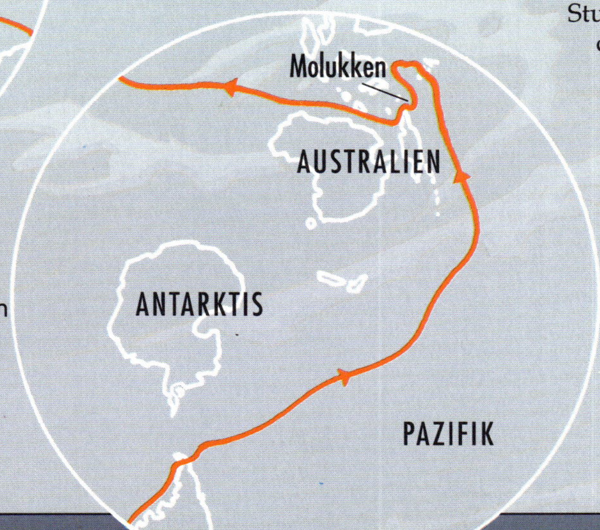

Robert E. Peary (1856–1920) arbeitete am Panamakanal mit, bevor er Polarforscher wurde. Er verbrachte viele Jahre bei den Inuit (Eskimos), von denen er lernte, wie man in der Arktis überlebt.

Peary und seine Gefährten posieren für ein Foto an der Stelle, die Peary für den Nordpol hält. Die amerikanische Flagge steckt in einem Schneehügel.

IM JAHRE 1909 begann der amerikanische Polarforscher Robert Peary seine achte Arktisexpedition. Es sollte seine letzte sein, denn er war schon 52 Jahre alt, und alle seine Zehen waren ihm bereits abgefroren. Aber den Nordpol zu erreichen war sein Lebenstraum.

Von seinem Stützpunkt auf Kap Columbia in der kanadischen Arktis brach Peary mit 19 Hundeschlitten über das unsichere Packeis des Nordpolarmeers auf. Obwohl er oft durch Wasserrinnen aufgehalten wurde, schaffte er beachtliche 24 Kilometer am Tag. Andere Expeditionsmitglieder waren vorausgefahren und hatten bis zu ihrem Umkehrpunkt Brennstoff und Essensvorräte deponiert. Das letzte Wegstück legte Peary allein mit seinem alten Freund Matthew Henson und vier Inuit zurück. Am 6. April erreichte die sechsköpfige Expedition den Pol.

Niemand war je so rasch über das arktische Eis vorgedrungen. Beim Endspurt schaffte Peary in vier Tagen über 300 km! Dieses unglaubliche Tempo hat bei einigen Wissenschaftlern Zweifel daran geweckt, ob Peary den Pol überhaupt je erreicht hat.

WETTLAUF ZUM POL

Peary am Nordpol, Amundsen am Südpol

DER NORWEGER Roald Amundsen hatte sich ebenfalls das Ziel gesetzt, den Nordpol als Erster zu erreichen. Als er hörte, daß Peary (links) zum Nordpol gelangt war, machte er sich zum Südpol auf. Auf seinem speziell für Polarfahrten gebauten Schiff, der Gjöa, gelangte er zur Bay of Whales. Im Oktober 1911 brach er von dort mit vier Männern und vier Schlitten auf, die insgesamt von 52 Hunden gezogen wurden.

Der erste Abschnitt führte über das Ross-Schelfeis. Das Team kam auf dem flachen Eis gut voran und machte nur bei den Vorratsstationen Halt, die von einer Vorhut errichtet worden waren. Dann kam der Aufstieg durch das zerklüftete Eis des Axel-Heiberg-Gletschers. Extreme Kälte (-50 °C), Schneestürme, verborgene Spalten im Eis – überall lauerten Gefahren. Doch Amundsen blieb zuversichtlich und erreichte tatsächlich am 14. Dezember den Südpol, wo er die norwegische Flagge hißte.

Auch Robert F. Scott versuchte mit seinem Team, den Pol zu erreichen. Er wählte einen längeren Weg, und als er schließlich am 17. Januar am Pol eintraf, fand er die norwegische Flagge vor. Erschöpft und deprimiert kehrte er um. Auf dem Ross-Schelfeis machten Schneestürme die Weiterfahrt unmöglich. Keiner der Männer überlebte.

Amundsens Expedition zum Südpol war sorgfältig geplant. Hunde zogen die Schlitten mit den Essensvorräten, während die Männer zu Fuß übers Eis gingen.

Der Norweger Roald Amundsen (1872–1928) gab sein Medizinstudium auf, um Polarforscher zu werden. Er war der erste, der im arktischen Kanada die Nord-West-Passage bewältigte.

GIPFELSTÜRMER

Hillary und Tenzing bezwingen den Mount Everest

ERST IN DIESEM Jahrhundert wurde der erste Versuch unternommen, den Mount Everest zu besteigen, den höchsten Berg (8 872 m) der Welt. Zwei Briten, George Mallory und Andrew Irvine, haben es vielleicht schon 1924 geschafft: Sie wurden jedenfalls nur 250 m unterhalb des Gipfels als letztes gesichtet; seither sind sie verschollen.

Die Tibeter nennen den Bergriesen Chomo Langma, „Göttin der Mutter Erde". Der Wind pfeift dort mit 150 Stundenkilometern, und die Luft ist so dünn, daß die meisten Bergsteiger Sauerstoff-Flaschen benötigen.

1953 machte sich eine britische Expedition unter Sir John Hunt auf den Weg. Zwei Teilnehmer erreichten den Südgipfel, mußten dann aber umkehren. Für den nächsten Versuch wählte Sir Hunt den Neuseeländer Edmund Hillary und Tenzing Norgay aus Nepal aus. Am 29. Mai 1953 erreichten diese beiden den Gipfel. Da sie befürchteten, ihr Sauerstoff könne zur Neige gehen, blieben sie nur 15 Minuten oben, um einige Fotos zu machen. Danach machten sie sich müde, aber glücklich über ihren Rekord an den Abstieg.

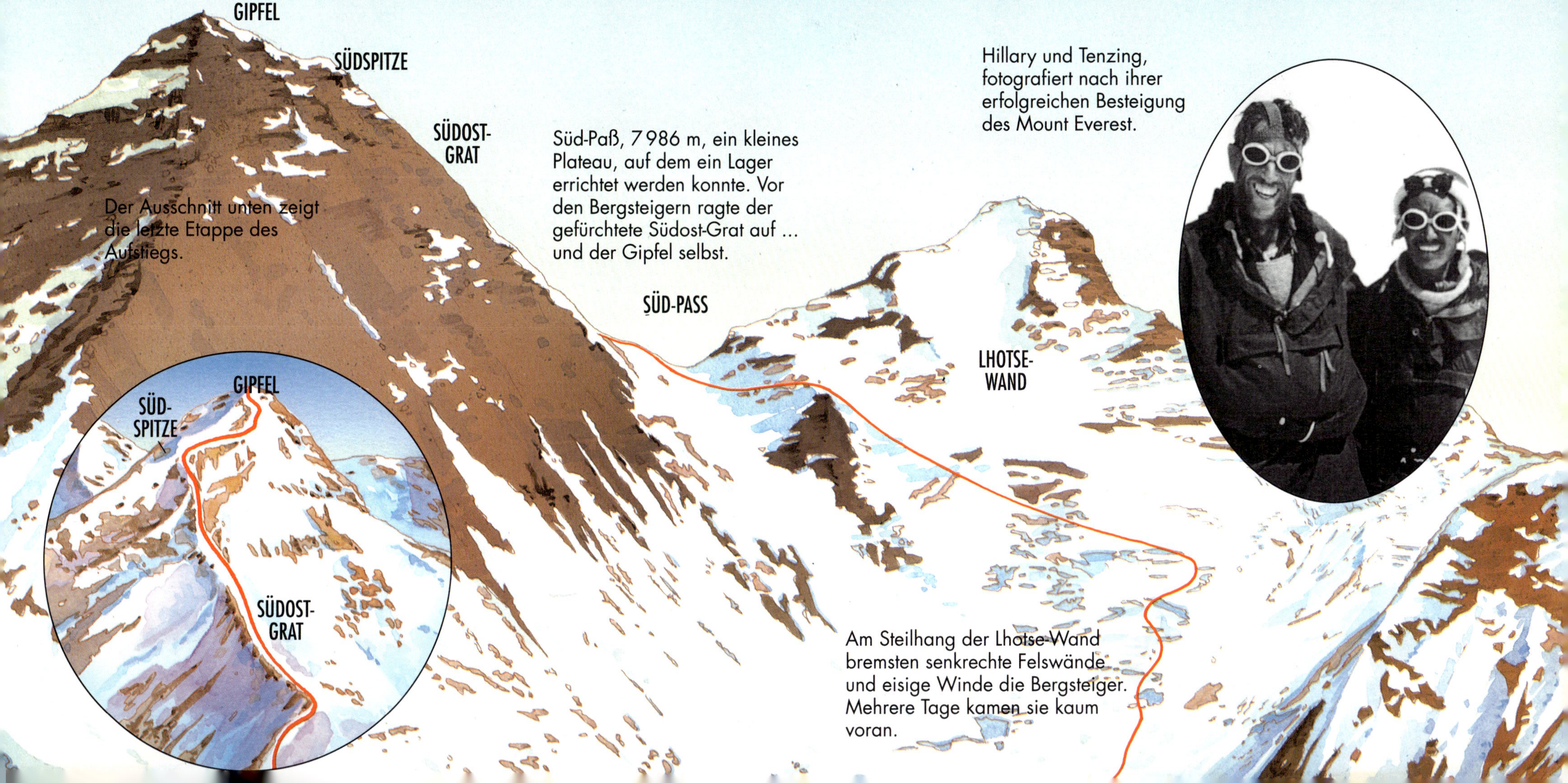

Der Ausschnitt unten zeigt die letzte Etappe des Aufstiegs.

Süd-Paß, 7 986 m, ein kleines Plateau, auf dem ein Lager errichtet werden konnte. Vor den Bergsteigern ragte der gefürchtete Südost-Grat auf … und der Gipfel selbst.

Am Steilhang der Lhotse-Wand bremsten senkrechte Felswände und eisige Winde die Bergsteiger. Mehrere Tage kamen sie kaum voran.

Hillary und Tenzing, fotografiert nach ihrer erfolgreichen Besteigung des Mount Everest.

FAST AM ZIEL!

Auf dem Südost-Grat schlugen Hillary und Tenzing ihr Biwak auf. Hillary schlief im Sitzen, damit das Zelt nicht weggeweht wurde. Am nächsten Morgen ließ der Wind nach, und um 9 Uhr früh erreichten sie die Südspitze. Vor ihnen ragte 15 m hoch eine senkrechte Felswand auf. Sie klommen hinauf und standen gegen 11.30 Uhr auf dem Dach der Welt.

Dann ging es das Westbecken namens Westliches Cwm hinauf. An den Hängen wurden mehrere Biwaks errichtet. Diese Route war zuvor erst einmal benutzt worden.

Das Basislager von Hillary und Tenzing wurde auf dem Khumbu-Gletscher errichtet, in 5 356 m Höhe. Schon bis hierher war es ein langer, mühseliger Aufstieg. Doch vor ihnen lag die nächste Herausforderung: der gefährliche Eissturz des Khumbu.

DER GRIFF NACH DEN STERNEN

VON GAGARIN BIS HEUTE

NOCH VOR wenigen Jahrzehnten gab es Raumflüge nur in der Phantasie von Sciencefiction-Autoren: 1865 beschrieb zum Beispiel der französische Schriftsteller Jules Verne eine zukunftsweisende Fahrt zum Mond, die mit einer Art Zug vonstatten ging!

Der Schlüssel zum All war der Raketenantrieb, der im luftleeren Raum arbeiten und die Erdanziehung überwinden kann. Schon 1903 wies der russische Wissenschaftler Konstantin Ziolkowskij darauf hin, daß sich Raketen für Raumflüge eignen könnten. Niemand nahm Notiz davon, bis auf den amerikanischen Forscher Robert H. Goddard: Er baute 1926 die erste funktionstüchtige Rakete mit Flüssigtreibstoff.

Das Weltraumzeitalter begann am 4. Oktober 1957, als die Sowjetunion Sputnik 1 startete, den ersten Satelliten, der die Erde umkreiste. Das erste Lebewesen im Weltraum war die Hündin Laika, der bald, am 12. April 1961, der erste Mensch folgte, der sowjetische Kosmonaut Jurij Gagarin. Mit seinem Raumschiff Wostok 1 umkreiste er in 98 Minuten einmal die Erde. Die Landekapsel mit einem Durchmesser von nur 2,3 m kehrte in Rußland auf die Erde zurück, aber ohne Gagarin: Der hatte sein Gefährt in 6700 m Höhe per Fallschirm verlassen.

1984 bewegten sich die NASA-Astronauten Bruce McCandless und Bob Stewart als erste Astronauten frei im Raum. Sie benutzten für ihre Erkundung eine Art Sessel („Feuerstuhl"), der mit kleinen Triebwerken ausgestattet war. Die beiden waren sehr aufgeregt, denn sie fühlten, daß sie dem Menschheitstraum vom Vordringen in andere Welten ein großes Stück näher gerückt waren.

WELTRAUMSPAZIERGÄNGE

Alexej Leonow, ein Luftwaffenpilot, der sich zum Kosmonauten ausbilden ließ, war der erste Mensch, der sich im freien Raum bewegte. 1965 verließ er sein Raumschiff Woschod II durch eine Luftschleuse: Als sich die Tür des Raumschiffs hinter ihm geschlossen hatte, wurde in der Luftschleuse der Druck abgelassen. Dann öffnete Leonow die Ausstiegsluke und kletterte ins All hinaus. Durch ein Kabel blieb er mit dem Raumschiff verbunden. Leonow verbrachte siebzehn Minuten allein im All und filmte dabei mit einer tragbaren Fernsehkamera.

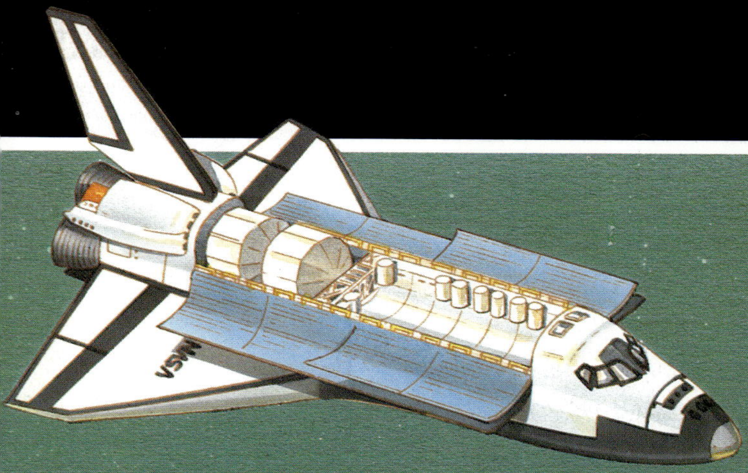

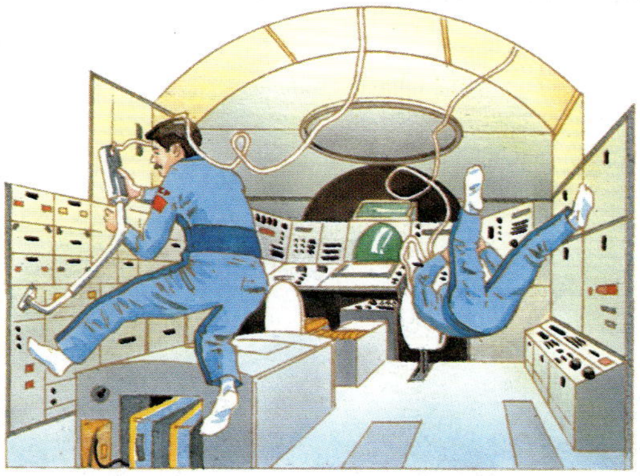

EIN JAHR IM WELTRAUM

In den 70er Jahren begannen die Russen und die Amerikaner, große Raumstationen zu bauen. Sie waren viel größer als die winzigen Kapseln von Gagarin und Glenn, so daß ganze Mannschaften darin Platz fanden und wissenschaftliche Forschungen durchführen konnten. 1987–88 verbrachten Musa Manarow und Wladimir Titow knapp 366 Tage in der Raumstation Mir. Ihr Rekord wurde 1995 von Valerij Poljakow gebrochen, der an Bord der Raumstation 400 Millionen Flugkilometer zurücklegte, was der Strecke von der Erde zur Sonne und zurück entspricht.

Die erste Frau im All war die 26jährige Valentina Tereschkowa (rechts). 1963 umkreiste sie in Wostok 6 48mal die Erde.

WELTRAUMREKORDE

4. Oktober 1957 Start des sowjetischen Sputnik 1, des ersten Satelliten
12. April 1961 Der sowjetische Kosmonaut Jurij Gagarin ist Pilot des ersten bemannten Raumschiffs Wostok 1
5. Mai 1961 Erster US-Raumflug von 15 Minuten, mit Alan Shepard
20. Februar 1962 John Glenn umkreist als erster amerikanischer Astronaut die Erde
16. Juni 1963 Die Kosmonautin Valentina Tereschkowa fliegt als erste Frau ins All
18. März 1965 Der Kosmonaut Alexej Leonow unternimmt den ersten Weltraumspaziergang
21. Juni 1969 Astronaut Neil Armstrong betritt als erster Mensch den Mond
7. Februar 1984 Der Amerikaner Bruce McCandless bewegt sich als erster Mensch frei im Raum
März 1995 Der russische Kosmonaut Valerij Poljakow verbringt über 400 Tage im All

Der Luftwaffenmajor Jurij Gagarin (1934–1968, rechts), Sohn eines Schreiners, war der erste Mensch im Weltall. Der erste bemannte Raumflug von Wostok 1 erfolgte im April 1961.

Neil Armstrong (rechts) war der erste Mann auf dem Mond.

REGISTER